星のカービィ

雪山の夜は事件でいっぱい！の巻

高瀬美恵・作
苅野タウ・ぽと・絵

角川つばさ文庫

もくじ

キャラクター紹介

★カービィ

食いしんぼうで
元気いっぱい。
吸いこんだ相手の能力を
コピーして使える。

★デデデ大王

自分勝手でわがままな、
自称プププランドの王様。

★バンダナワドルディ

デデデ大王の部下で
カービィの友だち。

★メタナイト

常に仮面をつけていて、
すべてが謎につつまれた騎士。

★チリー

プププランドの住民。
寒いところが大好き。

★ペンギー

雪山に住んでいる、
チリーの友だち。

★バーニンレオ

プププランドの住民。
熱いところが大好き。

プロローグ

だれもがウトウトとお昼寝をしてしまうくらい、平和であたたかなプププランド。

けれど、チリーの家だけは、いつも真冬のように寒い。ぶあつい氷をしきつめ、毎日「こちこちといき」でお手入れしているからだ。

その、冷えきった部屋の中で、チリーは机に向かって、手紙を書いていた。

「……ふかふかの……肉……まん……うーん……あんまんのほうがいいかな？　でも、デデ大王はお肉のほうが好きだから……」

ぶつぶつ言いながら書き続け、しばらくして。

チリーは大満足の表情で、叫んだ。

「よし、できた！　カンペキ！　これなら、デデデ大王もカービィも、大よろこびで飛びつくよ！」

書き上げた手紙は、二通。

それぞれを封筒に入れ、差出人の名を書く。一通には、大きな字で「メタナイト」。もう一通には「デデデ大王」と。

「ペンギーたちのほうは、山荘の準備、うまく行ってるかな？　ふふ……ワクワクしてきたなあ！」

チリーはにっこり笑って、北向きの窓をあけ、澄みきった青い空を見上げた。

1 雪の世界への招待状

数日後——とある午後のこと。

デデデ城に、一通の手紙が届いた。差出人は、メタナイトと書いてある。

バンダナワドルディが持ってきた手紙を見て、デデデ大王は首をかしげた。

「ヤツから手紙？　めずらしいこともあるもんだな。どれどれ……」

デデデ大王は、声に出して読み上げた。

「親愛なるデデデ大王。私はこのたび、プププランドの雪山にある、超ゴージャスな山荘を手に入れた。よければ、遊びに来ないか？　もちろん、カービィや、他の仲間たちもさそってな。すてきなキッチンもあるから、コックカワサキをさそうといいんじゃないかな？　あと、雪が大好きなチリーにも、忘れずに声をかけるといいぞ。美しい雪景色を見ながら食べる、ふかふかの肉まんや、あつあつのクリームシチューは、最高のごちそうだ。みんなで楽しくホッカホッカ料理を食べ、スキーや雪合戦をして、盛り上がろうじゃないか！　待っているぞ！　メタナイトより」

デデデ大王は、目をかがやかせた。

「ぬぉぉぉ！　肉まんにシチューだと！　メタナイトめ、たまには、気のきいたことを考えるじゃないか。ワドルディ、さっそく、したくをしろ！　雪山旅行だー！」

「待ってください、大王様」

バンダナワドルディは、心配そうに言った。

「なんだか、変です」

「変？　なにがだ？」

「メタナイト様が、こんな手紙を書くでしょうか？　『親愛なるデデデ大王』だなんて……」

メタナイトは、デデデ大王に対して、いつもツンツンして、そっけない。『親愛なる』という呼びかけは、たしかに、メタナイトらしくなかった。

けれど、肉まんとシチューで頭がいっぱいのデデデ大王は、少しも気にしなかった。

「フフン、メタナイトのヤツ、やっと、オレ様の偉大さに気づいたんだろう。これまでの態度を反省し、オレ様と仲良くなりたいんだわい」

「うーん……それに、メタナイト様には、ゴージャスな山荘なんて似合わない気がします。どちらかというと、猛吹雪にさらされながら、きびしい修行にはげみそうなのに……」

「修行にあきたんだろう。ヤツも、ようやく、まともになったということだ」

「そうでしょうか……『みんなで楽しく』とか『盛り上がろうじゃないか』とか、ぜんぜんメタナイト様らしくないのですが……」

バンダナワドルディの疑問は消えなかったが、すっかり乗り気のデデデ大王に、逆らうわけにはいかない。

「ぐだぐだ言ってないで、早く旅のしたくをしろ！」

「は、はい。では、カービィをさそってきますね」

すると、デデデ大王は、闘志をむき出しにして言った。

「おお、いい機会だわい！　あいつとは、この間の肉まん大食い競争の続きをやらねばならんからな！　今度こそ、負けんぞ！」

「は、はい！　行ってきます！」

バンダナワドルディは、急いで城を出た。


門をくぐろうとしたとき、バンダナワドルディは、裏庭のほうからチリーがやってくるのに気づいた。

人目を気にするように、こそこそしている。手には、なぜか、工具を持っていた。なにかを切るための、大きなハサミだ。

「あれ？　チリー、なにしてるの？」

バンダナワドルディが声をかけると、チリーはギョッとして飛び上がった。

「あ、あ、バンダナくん！　う、ううん！　なんにもしてないよ！　ただの……さんぽ、さんぽ！」

「……お城の裏庭で？」

「え、えっとね……あの……あ、実はぼく、すごくいい草刈りバサミを買ったんだ」

チリーは、手にしていたハサミを、チョキチョキ動かしてみせた。

「どんな雑草でも、パパッと刈れるんだよ。お城の裏庭の手入れがたいへんだろうと思って、草刈りをしておいたんだ」

「え？　ほんと？」

バンダナワドルディは、目をかがやかせた。

「わあ、助かるよ。ありがとう！」

「う、ううん。このくらい、なんでもないよ」

「あ、そうだ。チリー、実は、メタナイト様からこんな手紙が来てね……」

バンダナワドルディは、チリーに手紙を見せた。

チリーは手紙を読み、ワクワクした顔で言った。

「うわあ、楽しそう！　ぼくの名前も書いてあるよ。うれしいなあ！」

「うん……ただ、ちょっと、引っかかるんだよね」

バンダナワドルディは、顔をくもらせた。

チリーは、どぎまぎした様子でたずねた。

「引っかかるって？　なにが？」

「この手紙、メタナイト様らしくないと思うんだ……」

「え!?　どこが!?」

「はしゃぎすぎてる気がする。メタナイト様が、こんなウキウキした手紙を書くかなあ……」

「か、か、書くよ！」

チリーは、力をこめて叫んだ。

「だって、すてきな雪山の山荘を手に入れたんだもん！　いくらメタナイトさんだって、ウキウキするに決まってるよ！」

バンダナワドルディは、チリーの迫力にびっくりして、うなずいた。

「そうか……そうかもね。とにかく、ぼく、カービィやコックカワサキをさそいに行くつもりなんだ。チリーもいっしょに行こうよ」

「うん！　楽しい旅行になりそうだね」

二人は連れ立って、まず、カービィの家に向かった。

「こんにちは、カービィ！」

バンダナワドルディがノックすると、カービィは、ねむそうに目をこすりながらドアを開けた。

「ふぁぁ……いらっしゃい、ワドルディ、チリー。ぼく……お昼寝してたとこ……」

「あ、起こしちゃってごめんね。実は、メタナイト様から手紙が来てね……」

バンダナワドルディは用件を伝えたが、カービィはウトウトしていて、聞こえているのかどうかわからない。

チリーが、大きな声で言った。

「起きて、カービィ！　すごいんだよ。メタナイトさんの山荘には、すてきなキッチンがあるんだって。肉まんとか、シチューとか、おいしいメニューがたくさん……」

「……え!?」

カービィは、目をパチッと開いた。

「肉まん!?　シチュー!?　どこどこ――!?」

カービィはチリーに飛びつき、今にもかじりつきそうないきおい。

バンダナワドルディが、あわてて言った。

「ここにはないよ！　あのね、メタナイト様がね……」

バンダナワドルディは手紙を見せて、もう一度きちんと説明した。

カービィは、顔をかがやかせた。

「雪山でホッカホッカごちそうパーティ？　わあ、楽しそう！」

チリーが、にっこりして、うなずいた。

「ぜったい、楽しいよ！　雪山では、ワカサギ釣りができるんだ。とれたてのワカサギを、天ぷらにして食べられるよ。それに、あったかいおしるこや、あつあつフレンチトーストを、コックカワサキに作ってもらおう」

「天ぷら……おしるこ……フレンチトースト！　うわあああ！」

カービィはうれしくなって、転げ回った。

「行く行く！　ぼく、今すぐ雪山に行くー！」

チリーが、張り切って言った。

「それじゃ、コックカワサキをさそわなくちゃ。それに、バーニンレオも」

バンダナワドルディは、きょとんとして言った。

「バーニンレオは、来ないんじゃないかなあ？　寒いところがきらいだし……」

けれど、チリーは言い張った。

「でも、おいしい肉まんやシチューを食べたり、楽しく遊んだりすれば、バーニンレオだってきっと雪山が大好きになるよ！」

カービィが言った。

「そうだね、みんながそろったほうが、楽しいもんね。行こう！」

三人はそろって、バーニンレオの家に向かった。


バーニンレオの家は、こんなポカポカ陽気の日でも、ストーブがメラメラ燃えている。

チリーは恐れをなして、ドアの外から呼びかけた。

「おーい、バーニンレオ！　雪山旅行に行かない？」

「ああ？　雪山だって？」

バーニンレオは、ポッポッと火を吹いて、顔をしかめた。

「じょうだんじゃねえ。オレが、そんなとこ、行くはずねえだろ」

カービィが言った。

「でも、みんなで遊びに行ったら、楽しいよ。メタナイトが、招待してくれたんだ！」

「遊びに行くなら、火山地方のほうがいいぜ。みんなでマグマ温泉につかって、激アツのサウナに入って、コゲコゲの焼きイモを食おうぜー！」

チリーは、まゆげを吊り上げてどなった。

「やだよ！　そんな暑いとこに行ったら、ぼく、とけちゃうよ！」

「だいじょうぶだ、オレがきたえてやるから」

「いやだってば。それより、バーニンレオこそ、雪山できたえたほうがいいよ。ぜったい、雪や氷が好きになるから！」

「なるわけ、ねえだろ！　オレは行かねえぞ、雪山なんて」

バーニンレオは、ツンとした。

カービィが言った。

「でも、雪山で食べるあつあつ料理は、最高においしいんだって！　ホッカホッカの肉まんに、シチューもあるよ」

チリーも、いきごんで、つけ足した。

「あつあつのおしるこや、フレンチトーストも！　寒いところで、あついものを食べると、あつさがマシマシになるんだよ」

「……あつさマシマシ……肉まん、シチュー、おしるこ……」

バーニンレオはこころを動かされ、もったいぶって言った。

「ふんっ、しょうがねえなあ。雪山なんて大っきらいだけど……おまえらがどうしてもって言うなら、行ってやるぜ！」


こんな調子で、カービィたちは、つぎつぎにみんなに声をかけた。

結局、雪山旅行に行くことになったのは、チリー、バーニンレオ、コックカワサキ、ボンカース、バウンシー。それに、カービィとデデデ大王、バンダナワドルディを加えて、ぜんぶで八人だ。

一行は、毛糸のぼうしやマフラーや、たくさんの食料を用意して、大きなカゴに乗りこんだ。

カゴを引っぱるのは、ワープスターだ。

ワープスターはぐんぐん上昇し、北をめざした。

スリリングな空の旅に、一行は大はしゃぎ。

「うぉー、雪山といえば、雪合戦だぜ！　オレの豪速球を、受けてみやがれぇぇ！」

張り切って腕をぶんぶん振り回したのは、ボンカース。

チリーが、笑って言った。

「雪合戦なら、負けないよ！　勝負しよう、ボンカース！」

「むむ？　いやに自信ありげじゃねえか、まゆげ雪だるま」

ボンカースは、チリーをにらんだ。

いつもなら、変なあだ名で呼ばれたら怒るチリーだが、今日は笑顔をくずさなかった。

雪山のことで頭がいっぱいで、怒る気になんてなれないらしい。

「あはは！　雪山なら、ぼくは無敵だもんね！　ボンカースに、雪合戦のコツを教えてあげるよ」

「なんだとぉ？　ナマイキ言いやがって！　じゃ、着いたらさっそく、勝負しようぜ！」

「よぉし！　ぜったい、勝つよ！」

チリーは、みんなに向き直って言った。

「そうそう、言い忘れてたけど、雪山にはぼくの友だちが住んでるんだ」

「チリーの友だち？」

「うん。ペンギーっていってね、すごく楽しいヤツなんだよ。みんなに紹介したいな」

バンダナワドルディが言った。

「チリーの友だちなら、ぼくらもすぐに仲良くなれそうだね。いっしょに遊ぼう！」

「うん！　ペンギーは、雪山のことなら、なんでも知ってるんだよ。雪合戦やスキーで遊ぼうね」

「おおー！」

みんな、楽しくなって、うなずいた。

そのとき、バウンシーが、ぴょんと飛びはねて叫んだ。

「あ、見て見て！　雪山が見えてきたわ！」

はるか前方に、雪におおわれた山があらわれた。

カービィたちは、ますます大興奮。

「わあ、まっしろ！」

「アイスクリームみたいだわい！」

ワープスターはさらにスピードを上げて、まもなく、雪山の頂上に着地した。

2 すてきな山荘

山の上は、一面の銀世界。

カゴを下りた一行は、景色の美しさと、澄んだ空気のつめたさの両方に感激して、大きな声を上げた。

「うわあ、きれい！　あたり一面、まっしろだ！」

「雪がキラキラ光ってる！　すてきね！」

チリーが、みんなを見回して言った。

「でしょ！　雪景色って、ほんとに、きれいでしょ！　ふだんは、なかなか見られないけど、すばらしいよね！」

チリーは、興奮をおさえきれないように、ぴょんぴょん飛び回った。

バンダナワドルディが、にっこりして言った。

「チリーってば、さっきからずっと、大はしゃぎだね」

コックカワサキも、笑顔でうなずいた。

「そりゃ、チリーは雪が大好きだもん。チリーがイキイキしてると、こっちまで、うれしくなっちゃうね」

デデデ大王が、大きく腕を広げ、深呼吸をして言った。

「ふぅ……キンキンに冷えた空気というのも、なかなか気持ちいいわい！　いつも、デデデ城のまわりはポカポカ陽気だからな。たまには、こんな空気も良いものだ」

ボンカースは、きれいな景色や空気には興味を示さず、まっさきに雪玉を作り始めた。

「ふはは、くらえ、チリー！」

ボンカースが投げた雪玉は、チリーを直撃！

けれど、チリーは少しもひるまなかった。それどころか、うれしそうに笑って叫んだ。

「ナイス・ボール！　なかなかいい球だったよ、ボンカース！」

ボンカースは、たじろいだ。

「えええええ!?　てめぇ、オレの豪速球をくらって、そんな平気な顔で……」

「今度は、こっちから行くね！　えーい！」

チリーは、あっというまに特大の雪玉を作って、ボンカースに投げつけた。

「どわあああ!?」

間一髪！　ボンカースがよけたので、雪玉は深呼吸をしているデデデ大王の顔面へ！

「ぐぁー!?　なにをする、チリー！」

「わわ、ごめんなさい！　でも、冷たくて、気持ちよかったでしょ？」

「どこがだー！　ええい、負けてはいられんわい！　でりゃー！」

デデデ大王が投げた雪玉は、あらぬ方向へ飛んで行き、カービィに命中！

「ひゃあああ！」

カービィはひっくり返ったが、雪がふわふわなので、少しも痛くない。

「やったなー！　行くぞー！」

すぐに起き上がって、こてこてと雪玉を作り、投げる。

あっちでも、こっちでも、雪玉が飛びかい、歓声が上がった。

「行くよー、ワドルディ！」

「待って、待って！　ひゃあああ、つめたぁぁい！」

「はは！　バウンシー、かくごしろ！」

「ふふーん！　負けないわよ！」

みんなが、雪合戦に夢中になっていると――。

「おーい、チリー！　久しぶりー！」

とつぜん、そんな声がひびいた。

チリーは雪玉を投げるのをやめ、振り返って叫んだ。

「あ、ペンギー！」

針葉樹の木立の中から、小さないきものがあらわれた。

まっしろな長いまゆげを生やし、鳥のような姿をしている。

チリーは、みんなに紹介した。

「さっき話した、ぼくの友だちのペンギーだよ。ペンギー、こっちはね……」

するとペンギーは、カービィたちを見回して、すらすらと言った。

「知ってるよ。君は、カービィだよね。それに、デデデ大王、バンダナワドルディ、コックカワサキ、バーニンレオ、ボンカース、バウンシーだね」

カービィたちは、びっくり。

「えー!? どうして!?」

「はじめて会ったのに……超能力!?」

ペンギーは、豪快に笑った。

「あはは、ちがう、ちがう! ぼくは、チリーと、しょっちゅう手紙のやりとりをしてるんだ。チリーは、よく、君たちのことを書いてくるからね。一目見て、だれがだれだか、わかったんだよ」

「そっかぁ!」

カービィたちは、たちまち打ちとけて、笑顔になった。

デデデ大王が言った。

「オレ様たちは、メタナイトってヤツの山荘に招かれて来たのだ。この山のどこかにあるはずなんだが……知ってるか？」

ペンギーは答えた。

「メタナイトってひとは知らないけど、最近あたらしくできた山荘なら、知ってるよ。ついて来て！」

ペンギーは、針葉樹林の中に入って行く。一行は、彼に続いた。

林をぬけると、二階建ての建物があらわれた。

丸太を組み合わせた、しゃれた造りだ。

建物のそばには、何組かのスキー板がそろえて、立てかけられていた。

ペンギーは言った。

「なかなか、すてきな山荘だろ？　持ち主は、どんなひとだろうって思ってたんだよ。メタ……ナイト、だっけ？　きっと、趣味のいい、おしゃれなひとなんだろうね」

デデデ大王が、笑い飛ばした。

「フハハ、まさか！　おしゃれさでは、オレ様の足元にも及ばん、ダサ騎士だわい。建物だけは立派だが、中はからっぽにちがいないぞ。あいつが、おしゃれなインテリアなんて、用意できるはずがないからな！」

カービィが、元気に飛びはねながら言った。

「早く行こうよ！　きっと、メタナイトが待ってるよ！」

カービィはまっさきに走って行き、ドアをどんどんたたいた。

「やっほー、メタナイト！　あそびに来たよ！」

しかし、返事はない。

「むむ？　どうした、メタナイト。オレ様が来てやったんだぞ。さっさと開けろ！」

デデデ大王は、乱暴にドアをけとばした。

――と、ドアは、すんなりと開いた。カギが、かかっていなかったのだ。

「いるのか……？　おーい、メタナイト！」

一行は、山荘の中に入ってみた。

そこは、広い居間だった。奥には、大きな暖炉がそなえつけられている。

床には、美しい銀色のカーペットが敷かれ、テーブルの上には、冷たいジュースやアイスクリームが、たっぷり用意されている。

雪の結晶の形をしたクッションや、大きなソファもあり、客をもてなす準備がすっかりととのっていた。

バウンシーが、うっとりして言った。

「わあ……なんて、すてきなの……！　まるで、物語に出てくる、雪のお城みたい！」

バーニンレオも、目をぱちくりさせて言った。

「メタナイトって、意外と、もてなし上手なんだな。知らなかったぜ！」

みんなが目をみはっている中、一人だけ、真剣な表情になったのは、バンダナワドルディだった。

「……おかしい……どう考えても、メタナイト様らしくない……」

彼のつぶやきは、小さすぎて、だれにも届かなかった。

カービィは、大よろこびで、テーブルに飛びついた。

「わあ、アイス、アイス！　いっただきまーす！」

「待って、カービィ！」

バンダナワドルディは、あわてて止めた。

「これって、本当に、メタナイト様が用意してくださったものなのかな？」

「え？」

バンダナワドルディは、部屋の様子を見回して、小さな声で言った。

「信じられないんだ。あのメタナイト様が、ぼくらのために、こんなすてきな山荘と、アイスやジュースまで用意してくださるなんて……」

デデデ大王が、アイスに手を伸ばしながら言った。

「ヤツは、こころを入れ替えたのだ。オレ様への尊敬の気持ちを、こうやって、あらわしているのだ！」

「だけど、かんじんのメタナイト様がいないのは、やっぱり変です。メタナイト様は、どこに……？」

「知らんわい。そのへんで、修行でもしとるんだろう。そのうち、もどってくるわい」

すると、ペンギーが言った。

「修行？　メタナイトってひとは、修行が好きなのかい？」

「うむ。三度のメシより修行が好きという、変わり者なのだ」

「だったら、近くのガケや、凍った滝で、からだをきたえてるかもしれないね。ぼくが、見て来てあげるよ」

カービィが言った。

「じゃ、ぼくも、いっしょに行く……」

ペンギーは、頭を振った。

「ううん、このあたりは、すごく雪が深いからね。なれてないと、あぶないんだ。ぼくが見てくるから、君たちはこの山荘で待ってて」

「でも……」

「だいじょうぶ。メタナイトさんを見つけたら、みんなが来たことを伝えるから」

ペンギーは、山荘を出て行った。

――さて、ペンギーが向かったのは、ガケでも滝でもなく、山荘のすぐ裏にある林だった。

ペンギーは、木のかげにかくしてあった、複雑な装置を取り出した。

通信のための電波を、妨害する装置だ。

ペンギーは、装置を起動させ、つぶやいた。

「よし、任務完了。これで、この山荘からは、どこにも連絡できなくなった」

ペンギーは、にんまりして、山荘を見上げた。

「みんな、ようこそ、雪山へ！　しばらくの間、下界のことなんて忘れて、楽しくすごそう！」


アイスクリームを食べ散らかしたデデデ大王が、言った。

「ふう、食った、食った！　このあとは、山荘を探検してみるとするか」

「探検？」

「この山荘、なかなか広そうだからな。二階にも部屋があるようだし、今晩、どこで寝るのか見ておくことにしよう」

デデデ大王は、みんなの返事を待たずに、暖炉の横のドアを開けた。

ろうかの右側に、広いキッチン。

左側には、モザイクをちりばめた豪華なおふろがある。

奥の階段は、二階に続いている。

コックカワサキは、キッチンをのぞきこんで、はずんだ声を上げた。

「大きな調理台に、最新型のオーブンまである！　使いやすそうなキッチンだなあ。ここなら、どんな料理でも作れそうだよ」

キッチンのとなりは、広い食料庫だった。外に通じるドアがあり、直接、食料を運びこめるようになっている。

コックカワサキは、感心して言った。

「なるほど。外の寒さを利用した、天然の冷蔵庫になってるんだ。これは便利だね。持ってきた食料を、ここに運んでおこう」

カービィが、ワクワクした顔でたずねた。

「どんなお料理を作るの？　肉まん？　シチュー？　やきいも？」

デデデ大王が、身を乗り出した。

「肉まんは、山ほど用意しておくんだぞ！　オレ様とカービィの、肉まん王決定戦をやるんだからな！」

コックカワサキは、胸を張った。

「期待しててよ。肉まんだけじゃなく、ピザまんやあんまんやカレーまんや角煮まんや……みんなが、あっとおどろくようなスペシャルメニューを、考えてあるからね！」

「うわあああい！」

「楽しみすぎるわい！」

みんなでウキウキと、食料を運びこんだ。

それがすむと、一行は階段を上がってみた。

二階には、ろうかに面して、たくさんの部屋があった。どの部屋にも、大きなベッドやテーブルが、そなえつけられている。

バウンシーが、感心して言った。

「どのお部屋も、とってもすてきだわ。大きな窓に、フリルのカーテン。テーブルには、お花までかざってある！　ベッドはふかふかで、かわいいぬいぐるみが、たくさん置いてあるわ。さすがはメタナイトさん、百点満点ね！」

バンダナワドルディが、じっと考えこんで言った。

「フリルのカーテン……お花……ぬいぐるみ……やっぱり、こんなの、おかしい……」

「え？　なにが？」

「メタナイト様らしくないんです」

バンダナワドルディは、みんなの顔を見回して言った。

「あのメタナイト様が、ぼくらのためにベッドにぬいぐるみを置いたり、お花をかざったりするとは思えません。ぜったい、変です！」

デデデ大王が言った。

「ヤツじゃなくて、部下のワドルディがやったんだろう。あいつは、気がきくからな」

「だけど、山荘の中にだれもいないのは、やっぱり変です。こんなに、おもてなしの準備をととのえておきながら、出かけてしまうなんて……」

デデデ大王は、ふしぎそうにバンダナワドルディを見下ろして、たずねた。

「おまえは、さっきから、なにをそんなに気にしておるんだ？　この山荘が、そんなに気にかかるのか？」

「大王様……あの招待状は、本当に、メタナイト様からだったのでしょうか？」

バンダナワドルディは、思いつめた目で大王を見上げた。

大王は、きょとんとした。

「なにを言ってる。おまえも、見ただろう。たしかに、差出人はメタナイトと書いてあったではないか」

「だれかが、メタナイト様の名をかたって、にせの招待状を送ってきたのかもしれません」

「ああ？　だれが？　なんのために？」

「わかりませんけど……」

うつむいてしまったバンダナワドルディに、チリーが大声で言った。

「心配しすぎだよ、バンダナくん！　にせの手紙なんて、あるわけないって！」

「そ……そうかな……？」

「それに、この山荘、すごくすてきだもん。ぼくは、とっても気に入っちゃったな。楽しく過ごせそうだよ！」

チリーが、力をこめて言い張ったとき。

バタン――と、階下でドアが開く音がした。

3 メタナイトの到着

ドアの音に続いて、聞き覚えのある声がひびいた。

「カービィ！　デデデ大王！　いるのか!?」

「あ、メタナイトの声！」

カービィが、飛び上がって叫んだ。

デデデ大王は、ニヤリとして、バンダナワドルディを見た。

「やはり、おまえの心配は、まと外れだったな。メタナイトが、帰って来たではないか」

バンダナワドルディは、赤くなって言った。

「……あ……えっと……はい、すみません。ぼくの、考えすぎだったみたいです……」

カービィが、まっさきに階段を駆け下りた。

「わーい、メタナイト！　招待、ありがとう！」

「カービィ！」

メタナイトは、吹雪の中を歩いてきたかのように、雪まみれだった。

彼は、今にも剣をぬきそうな剣幕で、叫んだ。

「魔獣はどこだ!?　住民たちは、無事に避難したのか!?」

「……え？」

「ケガ人は!?　すぐに、手当てを！　私は、ただちに魔獣討伐に向かう！」

「まじゅー……とーばつ……？」

カービィは、ぽかんとして、口をあけた。

カービィの後ろから、デデデ大王が言った。

「おそかったではないか、メタナイト。客を待たせておいて、きさま……」

しかし、メタナイトは荒々しい声で、デデデ大王をさえぎった。

「デデデ大王、君の部下たちは無事なのか!?」

「…………ほえ？」

「すぐに出発しよう。案内をたのむ！」

「出発って……どこに行く気だ？」

「決まっているだろう！　魔獣があばれている……現場に……」

そのとき、メタナイトはようやく、山荘に集まっている面々に気づいた。

彼は、おどろいて、つぶやいた。

「コックカワサキ……バウンシー……？　まさか、君たちまで、魔獣討伐に加わる気なのか？　その勇気はすばらしいが、戦うこころえのない者には、危険すぎる。ここは私たちにまかせて、ただちに避難したまえ！」

「寝ぼけとるのか、きさま。やっと帰ってきたと思ったら、わけのわからんことをベラベラと」

デデデ大王が、あきれて言った。

カービィが言った。

「メタナイト、どこで修行してたの？　ペンギーに会わなかった？」

「ペンギーだと？　それは、何者だ……？」

チリーが言った。

「ペンギーは、ぼくの友だちだよ。メタナイトさんを探しに行ってくれたんだけど……すれちがいになっちゃったのかな？」

「……どういうことだ……？」

メタナイトは、みんなを見回した。

「君たちは、魔獣討伐のために、ここにいるのではないのか？」

「まじゅーとーばつって、なんのこと？」

「私は、デデデ大王からの手紙を受け取って、駆けつけたのだが……」

「手紙？　なにを言っとる。オレ様は、手紙なんて出しとらんぞ」

デデデ大王は、首をかしげた。

「……では、これは？」

メタナイトは、一通の手紙を取り出して、デデデ大王に渡した。

デデデ大王は、手紙を読み上げた。

「メタナイトへ！　緊急事態だ！　プププランドに凶悪な魔獣があらわれ、暴れまわって

いる！　ヤツはデデデ城をめちゃくちゃにし、通信装置をこわして、雪山地方に逃げこんだ！　オレ様とカービィとで追いかけているのだが、ヤツはとてつもなく強く、かなわない！　オレ様の部下たちも、おおぜいが大ケガを負ってしまった！　どうか、雪山に来てくれ！　たのむ！　どうしても、きさまの助けが必要なのだ！　デデデ大王より……はぁああああ!?」

デデデ大王は、大声を上げて飛び上がった。

「なんだ、これは!?　オレ様は、こんな手紙なんて、書いてないぞ！」

「……そのようだな」

メタナイトは、すべてを理解したように、うなずいた。

バンダナワドルディが言った。

「大王様のもとには、メタナイト様からのお手紙が届いたんです」

「手紙？　私から？」

「はい。すてきな山荘を手に入れたから、遊びに来てくれという内容でした。それで、みんなをさそって来たんです」

「私は、手紙など出していない」

メタナイトは緊張した声でつぶやき、あたりをうかがった。

「……どうやら、私たちは、ワナにかけられたようだな」

「ワナ？」

「何者かが、にせの手紙で、私たちをこの場所へおびきよせたのだ」

バンダナワドルディは、息をのんでつぶやいた。

「やっぱり……でも、いったい、だれが……!?」

全員、だまりこんで、顔を見合わせた。

メタナイトは、いらだちのこもった声で言った。

「だれのしわざか知らんが、こんな単純な手段で私をあざむくとは、ふざけたマネをしたものだ。ともかく、情報を整理してみよう」

メタナイトの指示で、みんな、ソファや床にすわりこんだ。

「まず、私のもとに届いた手紙について話そう。とつぜん、デデデ大王からの手紙が届いたので、私はおどろいた。なぜ、いつものように通信装置を使わないのかと思ったが、手紙を読むと、魔獣が通信装置をこわしたと書いてある」

デデデ大王が、腹立たしげに言った。

「でたらめだ！　魔獣なんぞ、どこにもおらんわい！」

「むろん、私も、すぐに手紙の内容を信じたわけではない。確認のため、デデデ城に通信を試みたのだが、通じなかった」

「……え？　話し中だったのか……？」

「そうではない。デデデ城の通信設備に、なんらかの不具合が生じていたのだ」

デデデ大王は、びっくりして言った。

「そんなはずはないわい！　魔獣なんて、ウソなんだからな！」

バンダナワドルディが、不安そうに言った。

「不具合って、どういうことでしょう？　だれかが、お城の裏庭に忍びこんで、通信コードを切ったとか……？」

チリーが、ごくっと息をのんで、大声で言った。

「つーしんこーどを、きった!?　わあ、だれが、そんなことを！」

メタナイトは、頭を振った。

「わからん。だが、通信装置がこわれているということは、手紙の内容は正しいのだと、私は信じこんでしまった。一刻も早く、雪山の魔獣を討伐せねばならんと、決意したのだ」

メタナイトは、だまされた悔しさを押しかくすように、片手をぎゅっとにぎった。

「部下たちも連れてくるつもりだったが、あいにく、みな、寝こんでいてな」

「え!? メタナイツが、みんな!? どうして!?」

「ただの食べ過ぎだ。船員ワドルディが加わって以来、戦艦ハルバードのティータイムが充実しすぎていてな。よろこんだ部下たちは、特製アイスクリームを食べまくって……いや、そんな話はどうでもいい」

メタナイトは、せきばらいをして、言った。

「ともかく、体調不良の部下たちを戦艦ハルバードに残し、船員ワドルディに看病をまかせて、私一人が駆けつけたというわけだ。雪が思いのほか深く、山を登るのに手間取ってしまったが……」

カービィが、おどろいて言った。

「えー⁉　この雪山を、ふもとから登ってきたの⁉　たった、一人で⁉　すごいなあ、メタナイト！」

「……君たちは？　とてもなくけわしく、深い雪にとざされた山を、どうやって……」

「ぼくら、ワープスターに乗ってきたんだよ」

カービィは、にこにこした。

「どんなに高い山だって、ワープスターなら、ひとっ飛びだもんね！　あっというまだったよ！」

「………………なるほど」

メタナイトは、大きなため息をついた。

カービィは言った。

「帰りは、メタナイトも乗せてあげるね。らくちんだよ」

「感謝する。では、すぐに出発しよう」

メタナイトは立ち上がった。

カービィは、びっくりした。

「出発って？　どこに行くの？」

「決まっている。帰るのだ」

「えっ!?　帰る!?」

大声を上げたのは、チリーだった。

チリーは、あせった様子で叫んだ。

「どうして!?　いま来たばっかりじゃない！　雪山には、楽しいことがたくさんあるのに、帰るなんてもったいないよ！」

カービィも、メタナイトの手を引っ張った。

「そうだよー！　いっしょに遊ぼうよ！　雪合戦しようよー！」

メタナイトは、そっけない声で言った。

「手紙がにせものとわかった今、ここにとどまる理由などない。私は、戦艦ハルバードに帰る。部下たちの容態も心配だ」

「でも、でも、この山荘、アイスもジュースもたっぷりあるし、ベッドもふかふかなんだよ。メタナイツやバル艦長のことは、船員くんにまかせておけば、だいじょーぶだよ。ぼく、みんなといっしょに、ここにお泊まりしたいよー！」

チリーが、うなずいた。

「手紙はにせものだったけど、悪いたくらみとは思えないなあ。だって、悪者のしわざなら、こんなすてきな山荘を用意したりしないでしょ」

デデデ大王も、手をたたいて賛成した。

「そうだ、プププランドの住民のだれかが、オレ様への日ごろの感謝をこめて、手のこんだ招待をしてくれただけかもしれんな！」

カービィが、よろこんで叫んだ。

「だれかからの、びっくりプレゼントってことだね！　わあい、ぼくとメタナイトのファンかも！」

「……私には、ファンより敵のほうが、はるかに多いのだが」

メタナイトは、冷たく言って、カービィの手を振り払った。

「君らが残りたいなら、好きにしたまえ。私は山を下りる」

「えー……でも……ワープスターは……」

「いらん。歩いて下りる。では、さらば」

メタナイトは、山荘を出て行こうとした。

――が。

ドアを開けたとたん、はげしい風が吹きつけてきた。

ごぉぉぉぉぉ！　という音とともに、冷たい雪が舞いこむ。

カービィたちは、びっくりぎょうてん。

「わあああああ!?」

「さ、寒い！」

「ドアを閉めろ！　早く！」

みんなでドアに飛びつき、大急ぎで閉めた。

ボンカースが、ぼうぜんとして言った。

「どうなってんだ？　たった今まで、いい天

気だったのに……」

チリーが言った。

「山の天気は、変わりやすいんだ。めずらしいことじゃないんだけど……この猛吹雪じゃ、今夜はここに泊まるしかないね」

メタナイトは、けわしい声で言った。

「いや、私は帰りたい。部下たちに、連絡してみよう。最新鋭の飛行艇なら、この吹雪でも、着陸できるはずだ」

メタナイトは、超小型の通信機を取り出した。

——が。

「……む？　通じない」

「みんな、まだ寝こんでるのかな？」

「そういう意味ではない。電波が、通じないのだ」

チリーが言った。

「お天気が悪いからだね。山では、よくあることなんだよ」

「はたして、そうだろうか」

メタナイトは、きびしい声で言った。

「この通信機は、超高性能だ。どのような環境であろうとも、通じないなどということは、これまでになかった。なのに、これは……何者かが、電波を妨害しているとしか思えん」

「ええ……？」

みんな、顔を見合わせた。

バーニンレオが、びくびくして言った。

「な、なんだよ。電波を妨害って……やっぱり、悪者が、オレたちをワナにかけたってことかよ？」

バウンシーが、じわっと涙ぐんだ。

「そんな……こわい……わたしたち、どうなっちゃうの？」

カービィは、バウンシーにより添って言った。

「だいじょーぶだよ、バウンシー。まじゅーがおそってきても、ぼくが、パパッとやっつけちゃうからね！」

けれど、バウンシーのふるえは止まらない。

そのとき――チリーが言った。

「あのさ、こういうときは、おいしいものを食べるといいんじゃないかな？」

「……え？　おいしいもの？」

「うん！　コックカワサキ、おいしいお料理の用意はできてるよね？」

問いかけられて、コックカワサキはうなずいた。

「もちろんだよ。とびっきりのメニューを考えてある。あっつあつの、雪山スペシャルをね」

チリーは、にっこりして言った。

「雪山では、雪のせいで外に出られなくなることなんて、よくあるんだ。電波が通じなくなることもね。ちっとも、心配いらないよ。おなかいっぱい食べて、元気出そうよ！」

「うんうん！　大さんせーい！」

飛び上がって手をたたいたのは、カービィ。

バウンシーも、泣くのをやめて、顔をかがやかせた。

デデデ大王は、舌なめずりをして言った。

「よぉし、肉まん大食い王決定戦だな!? 今度こそ、オレ様の勝ちだ！ どんどん持ってこーい！」

コックカワサキは、笑って言った。

「ちがうよ！ 肉まん大会は、明日のお楽しみ。今夜は、みんながホカホカになれるレシピを考えてあるんだ」

「みんながホカホカ？ なに？」

「ちょっと待ってて。すぐに準備するから。ワドルディ、手伝ってもらえるかな？」

バンダナワドルディは、ぴょこんと立ち上がって、うなずいた。

「はい、もちろん！」

バーニンレオが言った。

「オレも、手伝うぜ！ オレのメラメラの炎が、役に立つぜ！」

「ありがとう、バーニンレオ。それじゃ、取りかかろう」

コックカワサキたちは、キッチンに向かった。

4 あつあつ&ヒエヒエごはん!

しばらくして――。

「おまたせー！　できたよ！」

コックカワサキが、大きななべをかかえて来た。

カービィとデデデ大王は、なべをのぞきこんで、歓声を上げた。

「うわあああ！　おでんだー！」

「だいこん、ちくわ、たまご！　なんて、うまそうなんだー！」

コックカワサキは、にっこりして言った。

「雪山には、おでんがぴったりだと思ってね。準備してきたんだ。それに、熱いものが苦手なチリーのために、特別なアイスおでんも作ったよ」

「アイスおでんって？」

「だいこんやトマトを、だしで煮こんで、冷やしたんだ。さっぱりして、おいしいよ」

「わあ……ありがとう、コックカワサキ！」

チリーは、感激した様子でお礼を言った。

カービィも、大はしゃぎ。

「おいしそう！ ぼく、あつあつのおでんと、アイスおでん、両方食べるー！」

デデデ大王も、舌なめずりをして叫んだ。

「もちろん、オレ様もだ！ あつあつおでんとアイスおでん、十杯ずつ食うぞー！」

と、そのとき。

山荘のドアが開き、ペンギーが入って来た。

全身が、雪まみれだ。長いまゆげまで、コチコチに凍っている。

ペンギーは、ぶるぶるっとふるえて雪を払い落とし、言った。

「ふぅ、まいった、まいった！ いくら雪山だって、こんな猛吹雪は、めったにないよ」

「あ、おかえりなさい」

カービィが声をかけた。

メタナイトは、ふしぎそうな視線をペンギーに向けた。

「君は……？」

気づいたチリーが言った。

「メタナイトさん、彼が、さっき話したぼくの友だちのペンギーだよ。ペンギー、メタナイトさんとは、入れちがいになっちゃったんだね」

ペンギーは、メタナイトを見て、にこっとした。

「はじめまして！　メタナイトさんは修行してるにちがいないって聞いたから、ガケや滝のあたりを探し回ったんだ。でも、だれもいなかったから、心配してたんだよ。無事でよかった！」

「……世話をかけて、すまなかった」

メタナイトは、礼儀正しく、頭を下げた。

コックカワサキが言った。

「ちょうどいいところに帰ってきたね。みんなで、おでんを食べるところなんだ。ペンギーは、あつあつおでんとアイスおでん、どっちがいい？」

ペンギーは、目をかがやかせた。

「アイスおでん!? そんなの、はじめて聞いたよ。おいしそうだね！」

「うん！ たくさんあるから、どんどん食べてね」

みんなで、おでんをお皿に取り分けて、楽しい食事が始まった。

さっきまでの緊張した空気が、おでんのおかげで、一気に明るくなった。こわがっていたバウンシーも、すっかり笑顔だ。

デデデ大王が、おでんをパクパク食べながら言った。

「メタナイト、きさまの思い過ごしだったようだな。やはり、にせの手紙は、オレ様への感謝をこめたサプライズ招待状だったのだ！」

「……まだ、わからん」

メタナイトは、ただ一人、けわしい態度をくずさなかった。

チリーが、にっこりして言った。

「明日になれば、吹雪もやむだろうし、みんなで遊ぼうね」

ペンギーも、うなずいた。

「雪山には、楽しい遊びがたっくさんあるんだよ！　雪合戦、スキー、雪だるま。かまくらを作って、中でおでんパーティをするのもいいね。明日が楽しみだなあ！」

「うん、ぼくも！」

「早く明日にならないかな！」

みんな、声を上げて賛成した。

けれど、バーニンレオだけは、しかめっ面で言った。

「フンッ！　雪遊びなんて、冷たいだけで、ちっともおもしろくねえよ。あーあ、マグマ温泉が恋しいぜ！」

すると、ペンギーが言った。

「冷たいのなんて、最初だけだよ。雪の中で遊んでるうちに、すぐ、なれるよ」

「なれねえよ！　オレは、雪なんて、大っきらいだからな！」

「がんこなんだね、君は」

ペンギーは笑い、力をこめて、続けた。

「だけど、いつか、君にもわかってほしいな。雪や氷のすばらしさを。きらきら光るつらの美しさや、キンキンに冷たい雪どけ水のおいしさを……」

ペンギーは、うっとりと、ため息をついた。

バンダナワドルディが、にっこりして言った。

「ロマンティストなんだね、ペンギーって」

ペンギーはハッとして、照れくさそうに言った。

「ごめん、ごめん。ぼく、雪や氷のことになると、つい夢中になっちゃって。とにかく、みんなに、もっともっと雪を好きになってほしいんだ。プププランドじゅうが、雪におおわれればいいなあって思えるくらいにね！」

ペンギーは、立ち上がった。

「それじゃ、ぼくはもう帰るね。アイスおでん、すごくおいしかったよ。ごちそうさま」

カービィが言った。

「え、帰るの？　吹雪なのに……ここに、泊まっていけば？　お部屋なら、たくさんあるよ」

ペンギーは、頭を振った。

「ぼくの家は、すぐ近くだから、だいじょうぶ。じゃあね、みんな。明日、またくるね」

ペンギーは手を振って、出て行った。

その姿を見送って、バウンシーが言った。

「……ねえ、わたし、ひらめいちゃった！ ひょっとしたら、あの手紙を書いたのって、ペンギーじゃないかな？」

「え!?」

みんな、おどろいてバウンシーを見た。

バウンシーは、とくいそうに言った。

「ペンギーは、みんなを雪山に招待して、雪や氷のすばらしさを知ってほしかったのよ。それで、こんなすてきな山荘を用意して、にせの手紙でわたしたちを招いてくれたの。われながら、名推理！」

バーニンレオが言った。

「それなら、別に、にせものの手紙なんか書かなくていいだろ。ふつうに、『雪山に、遊びに来てください』って書けばいいだけじゃねえか」

「それは……ふつうの手紙じゃ、おもしろくないでしょ。みんなをドキドキさせるために、わざと、にせものの手紙を書いたんじゃ……ないかな……？」

バウンシーは、少し自信を失って、声が小さくなった。

そのとき、バンダナワドルディが手を上げて、おずおずと言った。

「ぼくも、一つ、考えたことがあるんですが……」

デデデ大王が顔を向けた。

「なんだ？　言ってみろ」

「もしも、届いた手紙に、ただ『雪山に、遊びに来てください』とだけ書いてあったら、大王様もメタナイト様も、乗り気にならなかったんじゃないでしょうか。雪山なんて寒いし、遠いし、めんどくさいと思ったかもしれないです」

「むむ……？　なにが言いたいのだ？」

バンダナワドルディは、深刻な表情で言った。

「大王様あての手紙には、肉まんとかシチューとか、おいしそうな食べもののことが書いてありました。メタナイト様あての手紙には、強い魔獣があばれているという情報が書いてありました」

「うむ。それが、どうした」

「手紙の送り主は、大王様やメタナイト様の性格を、よく知っているのではないかと思うんです。なにを書けば、お二人が雪山に行きたくなるのか、わかっているとしか思えません」

「むむむ？　どういう意味だ？」

デデデ大王は、不満そうに言った。

「肉まんやシチューと書けば、オレ様がかんたんに引っかかるという意味か？　それでは、まるで、オレ様が食いしんぼうのようではないか！」

「え、え、えっと……ごめんなさい……」

バンダナワドルディは、あわてて、あやまった。

メタナイトが言った。

「いや、するどい指摘だ。たしかに、手紙の送り主は、私たちのことをよく知っているようだ」

バーニンレオが、笑って言った。

「わかった！　じゃ、手紙を書いたのは、チリーだ！」

「えええええ——!?」

チリーは、飛び上がった。

「チリーなら、みんなの性格をよく知ってるもんな。怒らないから、正直に言っちゃえよ。ペンギーと協力して、計画を立てたんだろ？　みんなを雪山に招待して、雪山を好きになってもらうためにさ。ペンギーが山荘を用意して、チリーが手紙を書いたんだな？」

「ふぅん。そうだったの？」

カービィが、きょとんとしてチリーを見た。

チリーは、両手をぐるぐる振って、あわてて言った。

「ち、ち、ちがうよ！　ぼく、ぜんっぜん、しらないよ！」

デデデ大王が、にんまりと目を細めて、チリーを見た。

「なるほど、そういうことか。おまえは、尊敬するオレ様をもてなしたくて、こんな計画を立てたんだな？　正直に言うのが照れくさいから、にせの手紙を書いたというわけか。ハハハッ、かわいいヤツだ」

「ち、ち……ちがうってば……！」

チリーは、まっかになって、むりやり話題を変えた。

「あ、そ、そうだ！　もしも明日も吹雪だったら、この山荘の中で、食べほうだいパーティをやろうよ。きっと、楽しいよ！」

たちまち、カービィとデデデ大王が、目の色を変えた。

「食べほーだい!?」

「肉まんか！　いよいよ、肉まん王決定戦か!?」

コックカワサキが、笑顔でうなずいた。

「そうだね。肉まんも、あんまんも、ピザまんも、山ほど作るからね。みんなで、食べよう。楽しみにしてて！」

「わぁい！　さいこー！」

みんな、大よろこびで、はしゃぎ回った。

「わたしは、あんまんが食べたいな！　思いっきり、甘くて、あったかいの！」

「オレは、がっつりパワーが出るピザまんだぜ！　チーズをたっぷり入れろよ！」

「オレはやっぱり、激辛カレーまんがいい！炎を吹くぐらい激激激辛～！」

デデデ大王は、窓の外をちらっと見て、上機嫌で言った。

「食いものさえあれば、吹雪なんか、なんでもないわい。雪よ降れ降れ、もっと降れ～！」

まるで、その言葉にこたえるかのように、吹雪はますます激しさを増していった。

5 『まず、ひとり。』

やがて、みんなは二階の部屋に引き上げ、ねむりについた。

そして、真夜中を過ぎたころ――。


バウンシーは、ベッドの中で、ふと目をさました。

「のど、かわいちゃった……お水……」

おでんを食べすぎたせいかもしれない。バウンシーは、あくびをしながら起き上がった。

みんなを起こさないよう、静かに部屋を出て、階段を下りる。

ろうかの明かりをつけ、キッチンに向かったときだった。

「……ん？　なにか、変な音がしてる……？」

ゴトゴトと、大きなものを動かすような音だ。

「……なんだろ？　まさか、魔獣……!?」

バウンシーはゾッとして、立ちすくんだ。

音は、キッチンのとなりの食料庫から聞こえてくる。

獣のうなり声などは、聞こえない。ただ、ゴトゴトという音だけがひびいている。

「まさか、どろぼう？　それとも、吹雪の音かな？」

カービィやメタナイトを起こしに行こうかと思ったが、かんちがいだったら、もうしわけない。

バウンシーは、音の正体をたしかめようと、食料庫のドアをそっと開けてみた。

次の瞬間――！

「**きゃあああああああああ！**」

とつぜん、甲高い悲鳴がひびきわたった。

ぐっすりねむりこんでいたバンダナワドルディが、びっくりして飛び起きるほどの声だった。

「な、なに!? 今の声は!?」

バンダナワドルディは、あわててベッドから転がり出て、部屋を飛び出した。

ろうかに面したドアが、次々に開いて、みんなが顔をのぞかせた。

「ふぁぁ……だれだ? 真夜中にさわいでるヤツは?」

デデデ大王が、寝ぼけまなこをこすりながら言った。

バンダナワドルディは叫んだ。

「今のは、バウンシーの声です。バウンシー、どうしたの!? バウンシー!」

バンダナワドルディは、バウンシーの部屋のドアをたたいてみたが、返事はない。

ドアを開け、みんなでのぞきこんでみたけれど、バウンシーはいなかった。

チリーが、ぼうぜんとして言った。

「ベッドには、寝たあとがあるよ。こんな夜ふけに、どこに行っちゃったんだろう……?」

デデデ大王が、あくびをしながら言った。

「寝ぼけて、窓から落ちたんじゃないか？」

バンダナワドルディは、急いで窓を調べ、言った。

「窓には、カギがかかってます！　それに、ひどい吹雪ですし、外にいるとは思えません」

「では、いったい、どこへ……？」

カーテンのかげや、ベッドの下まで探し回ったが、見つからない。

そのとき、ようやく、カービィが寝ぼけた顔でやって来た。

「あれぇ……もう朝……？　おはよう、みんな……」

「しっかりして、カービィ！　たいへんなんだ、バウンシーがいないんだ！」

「ふぁぁ……？」

カービィは、目をこすった。

そのとき、部屋の外を調べていたコックカワサキが、叫んだ。

「あっ、一階のろうかに、明かりがついてるよ！　ぼくが、寝る前に消したのに！」

一行は、大急ぎで階段を下りた。カービィも、バンダナワドルディに引っぱられて、よたよたしながらついて来た。

「バウンシー！　どこだー!?」

みんなで呼びかけても、返事はなかった。

居間の明かりをつけてみたが、だれもいない。ソファやテーブルのかげにも、火の消えた暖炉の中にも。

カービィも、ようやく目をさまして、言った。

「どこにもいないよ！　まさか、まじゅーに、さらわれちゃった……!?」

バーニンレオが口をとがらせて言った。

「魔獣ってのは、メタナイトを呼ぶためのウソだっただろ。ほんとにいるわけ、ねえよ」

コックカワサキが言った。

「念のため、ドアを調べてみようよ。だれかが忍びこんだ形跡がないかどうか」

メタナイトが、玄関のドアを調べてつぶやいた。

「ドアには、内側からカギがかかっている。私が昨夜、戸締まりをしたときのままだ。つまり、このドアからは、だれも出入りしていない……」

バンダナワドルディが、窓を調べて言った。

「居間の窓にも、カギがかかっています。もちろん、窓ガラスも割れてません」

「ならば、だれも侵入できるはずがないわい。やはり、バウンシーは、この山荘の中にいるはず……」

そのとき、バンダナワドルディが、デデデ大王を見上げて言った。

「待ってください、大王様。ぼく、たいせつなことを思い出しました」

「む？　なんだ？」

「食料庫です。ここの食料庫には、二か所の出入り口がありますよね。外から入れるドアと、キッチンに通じるドアが」

コックカワサキが、きょとんとして、うなずいた。

「うん、そうだよ。みんなで食料を運びこんだじゃないか」

「たしか、どちらのドアにも、カギがなかったはずです」

メタナイトが、ピンッとひらめいて言った。

「なるほど。つまり、食料庫を通りぬければ、外部から山荘に侵入することが可能なのだな」

「それは、無理だよ」

コックカワサキは、すばやく言い返した。

「だって、食料庫は、ぼくらが運びこんだ食料でパンパンだもん。お肉や野菜の入った木箱が、天井まで積み上がってるんだ。とおりぬけられるすきまなんて、ないよ」

「昨夜の夕食で、材料をかなり使ったのでは？」

「でも、まだまだ、たっぷり残ってる。食料庫は、ぜったいに通れないよ」

「念のためだ。調べておこう」

メタナイトが言い、キッチンに向かって歩き出した。

カービィが、思いついて言った。

「ひょっとすると、バウンシーは食料庫の中にいるのかも！」

「……なんだと？」

「夜中におなかがすいちゃって、なにか食べたくなったんだよ。うん、きっと、そうだ！」

カービィの目が、かがやいた。

「ぼくも！　ぼくも食べる！　おでんの残り！」

それを聞いて、デデデ大王も舌なめずりをした。

「オレ様も、なんだか腹がへってきたわい。コックカワサキ、夜食を作ってくれ。あったかいスープと、肉だんごと、ステーキと、ハンバーグだ！」

カービィとデデデ大王は、メタナイトを追いぬいて、競い合うようにキッチンに走って行った。


カービィが、にこにこして叫んだ。

「バウンシー、一人でお夜食なんて、ずるいよー！　ぼくも食べ……！」

食料庫に通じているドアを開けたカービィは、立ちすくんでしまった。

カービィの後ろからのぞきこんだデデデ大王も、息をのんだ。

二人に追いついたメタナイトが、声をかけた。

「どうした？　バウンシーが見つかったのか……？」

しかし。食料庫の中をのぞきこんだメタナイトは、たじろいだ。

「な……なんだと!?　どういうことだ!?」

食料庫は――からっぽだった。

天井まで積み上げられていた木箱が、一つ残らずなくなっている。

カービィが、ぼうぜんとして、つぶやいた。

「どうして？　どこに行っちゃったの？　ぼくの……ぼくのおでん……」

デデデ大王は、クラクラして壁によりかかり、うめいた。

「夢か？　これは、悪夢なのか？　ぬぅぅぅぅ……！」

コックカワサキが、食料庫に踏みこんで、うろたえた声を上げた。

「なんだい、これ!?　持ってきた食料が、ぜーんぶ消えてる……たっぷりあったおでんの残りも、おなべごと、なくなってるよ！」

カービィは、コックカワサキにすがりついた。

「それじゃ、お夜食は!?　お夜食は、どうやって作ればいいの!?」

「作れないよ、カービィ……」

コックカワサキは、ふるえる声で答えた。

「え……ええ……？」

「夜食どころか、明日の朝ごはんもお昼ごはんも……なんにも。この山荘には……もう、食料がなにもない……！」

「なに……も……!?」

カービィは、ふらふらとたおれてしまった。

デデデ大王が、うわごとのように、つぶやいた。

「肉まんは？　肉まん大王決定戦は、どうなる……？」

コックカワサキは、無言で首を振った。

「ぬ……ぬぉ……！」

カービィに続いて、デデデ大王まで、力を失ってたおれてしまった。

「大王様！　カービィ！」

バンダナワドルディが、あわてて二人に駆けよった。

ふと、コックカワサキが、壁に目をやって言った。

「あれ？　壁に、紙が貼りつけてあるよ。なんだろう？」

コックカワサキは、紙に書かれた短い文章を読み上げた。

「**『まず、ひとり。つぎは、だれ……？』**……え？　なに、これ？」

メタナイトが、低い声でつぶやいた。

「バウンシーをさらった犯人からのメッセージ、だな」

「メッセージ……!?」

「うむ。われわれに対する、挑戦状だ」

メタナイトは、食料庫の中をぐるぐる歩き回りながら言った。

「犯人は、一人ではあるまい。この吹雪の中で、大量の食料を、手ぎわよく盗み出したのだからな。バウンシーは、おそらく、その犯行現場を目撃してしまったのだろう。口封じのために、さらわれたのだ」

みんな、ぼうぜんとして、顔を見合わせた。

メタナイトは続けた。

「そして、犯人は、これで終わりにする気はないようだ。『つぎは、だれ……？』とは、犯行の予告だ。二人目を狙う、と宣言しているのだ」

「二人目って……そ……そんな……！」

コックカワサキが、ふるえ上がって叫んだ。

「犯人の目的は、なんなんだろう⁉ ぼくらに、なにかうらみでも……⁉」

「わからん。だが、このような不届きな挑戦を、見過ごすわけにはいかん。いずれにせよ、この吹雪では、外に出ることもできんのだから、受けて立つしかあるまい」

メタナイトの目が、ギラリと光った。

バンダナワドルディが、倒れたデデデ大王の手をにぎり、目に涙を浮かべて言った。

「メタナイト様、ぼく、今夜は一人になりたくないです！ 自分の部屋には、もどれません！」

コックカワサキも、こくこくと、うなずいた。

「ぼくだって！ ねえ、朝まで、みんなでいっしょに過ごそうよ。こわいよ！」

バーニンレオが、小さな火を吹いて言った。

「オレは、ち、ちっとも、こわくねえけど！　でも、おまえらのことが心配だから、いっしょにいてやるぜ！」

メタナイトは、うなずいた。

「うむ、それがいいだろう。単独行動は、危険だ。気絶しているカービィとデデデ大王を、放っておくわけにもいかん。みなで、居間に集まって、夜を明かすことにしよう」

みんな、少しだけホッとした顔でうなずいたが――。

一人だけ、イヤそうな声を上げたのは、ボンカースだった。

これまでずっと、ねむい目をこすりながら、みんなにつき合っていたボンカースだが、ついにガマンがならなくなったらしい。荒々しく、言った。

「あぁぁ？　朝まで、おまえらとぉ？　じょうだんじゃねえ。オレはイヤだぜ……ふぁあ！」

ボンカースは、あくびをしながら続けた。

「居間なんて、ゆっくり寝られるかよ。おくびょう者どもは、勝手にしろ。オレは、ぬくぬくのベッドでねむるぜ……ふぁぁぁぁ……！　じゃあな！」

ボンカースは特大のあくびをすると、ノシノシと出ていってしまった。

バーニンレオが、あきれて言った。

「ボンカースは、ねむいと、ものすごーく、ふきげんになるんだ。なにを言っても、聞きやしないぜ。ほっとこう」

コックカワサキが、不安そうに言った。

「だいじょうぶかなあ……一人きりなんて……」

「あいつは強いから、平気だぜ。バウンシーみたいに、かんたんにさらわれたりしねえよ」

ボンカースの腕っぷしの強さは、だれでも知っている。コックカワサキも、納得してうなずいた。

メタナイトが、みんなを見回して言った。

「とにかく——ここまでのできごとで、一つ、わかったことがある。われわれをこの山荘におびきよせた者は、悪意のかたまりだということだ。あの、にせの手紙は、チリーやペンギーがしかけた楽しいイタズラなどではなかったのだ」

ずっとだまりこんでいたチリーが、びくっとして顔を上げた。

バーニンレオが、もうしわけなさそうに言った。

「ごめんな、チリー。あの手紙、おまえが書いたなんて、うたがっちゃって……」

「あ、あの……ぼく……」

チリーは、思いつめた表情で、言った。

「探しに行ってくるよ」

「え？　チリー？」

全員の視線を集めて、チリーは、声をふるわせた。

「バウンシーと食べものを、探しに行く。ぼくなら、吹雪なんて、へっちゃらだから……」

バンダナワドルディが、心配そうに言った。

「ううん、いくらチリーだって、無理だよ。外は、雪だけじゃなくて、すさまじい風だもん。吹き飛ばされちゃうよ」

「だいじょうぶ。とにかく、なんとかしなくちゃ。ペンギーにも、協力してくれるよう、頼んでみるよ」

チリーは、コックカワサキに言った。

「ぜったい、バウンシーを見つけるからね。もちろん、盗まれた食べものも、取り返すよ。おいしい料理を、また作ってね」

コックカワサキは、うなずいた。

「う、うん……でも、チリー、気をつけて。無理はしちゃダメだよ」

「だいじょうぶ！　行ってくるね」

チリーはすばやくドアを開けて、出て行った。

6『つぎは、だれ……？』

冷たい雪が吹きつける中。

チリーは、泣きそうになりながら、雪道を急いでいた。

わき上がってくるのは、後悔の気持ちばかり。

「あんな計画に、加わらなければよかった。まさか、こんなことになっちゃうなんて……！」

チリーはペンギーの家にたどり着いて、ドアをたたいた。

ペンギーは、チリーを見ると、おどろいて目をまるくした。

「チリー？　どうしたの、こんなおそい時間に……」

「たいへんなことになったんだ、ペンギー」

「え？　どうしたの？　にせの手紙も山荘も、ぼくらがしかけたイタズラだって、もうバレちゃったの？」

「それどころじゃないんだ……！」

チリーは、バウンシーがいなくなったことや、食料品がすべて盗まれてしまったことなどを話した。

聞いているうちに、ペンギーはまっさおになった。

「なんで!? どういうこと!? そんなひどいことをするなんて、聞いてないよ……！」

「この計画は、ぼくらが考えてたのとは、まったく、ちがうみたいなんだ」

チリーは、せっぱつまった声で、うったえた。

「みんなに雪山を好きになってもらうための作戦だと思ってたけど……ほんとは、それどころじゃなかったんだ。この計画は、もっと、ずっと、おそろしいものだったんだよ！」

「……チリー……」

「こんなの、今すぐ中止しなくちゃダメだ。ぼく、宮殿に行こうと思う」

ペンギーは、ハッとした。

「宮殿に……？　わかった、ぼくも行く！」

「いっしょに、来てくれるの？」

ペンギーは、うなずいた。

「もちろん。チリーを、この計画に巻きこんじゃったのは、ぼくだからね。行こう！」

二人はペンギーの家を出ると、猛吹雪の中、雪山の奥をめざして進んで行った。


いっぽう、こちらは山荘の居間。

こちこちと、時計の針が進む。

けれど、チリーはなかなか帰って来なかった。

猛吹雪は、いっこうにおさまる気配がない。

「チリー……おそいね」

「バウンシーは……だいじょうぶかな……」

みんな、心配しながら過ごしていたが――おそってくる眠気には、勝てなかった。

朝が近づくにつれて、一人、また一人と、ねむりに落ちていった。

ボンカースは、自分の部屋のベッドで、ぬくぬくとねむっていた。

夢の中にバウンシーが出てきて、ぴょんぴょん飛び回りながら言った。

「わたし、かくれんぼがしたかっただけなのにな！　みんなが大さわぎするから、困っちゃった！」

夢の中のボンカースは、にこにこして言った。

「なんでぇ、かくれんぼだったのかよ。安心したぜ」

「次は、ボンカースがかくれる番よ。わたしが、見つけてあげる」

「よぉし、ぜったい、見つからないぜ！」

――と、そのとき。

ふいに、冷たい風が吹きつけてきて、ボンカースはうっすらと目をあけた。

「ふぁ……？　あれ？　かくれんぼは……？」

寝ぼけたまま、半分からだを起こしてみると。

窓が開いていた。雪が吹きこみ、カーテンがバタバタとなびいている。

ボンカースは、ギョッとして飛び起きた。

「窓が……!?　おい、どうして……！」

と、そこへ。

大きな影が、無言でのしかかってきた。

「うぉ!?　な、なんだ、てめぇ!?」

ボンカースはうろたえ、相手をはねのけようとした。

だが、相手はボンカースを上回るほどからだが大きく、力も強い。

「この……なにを……しやがる……！」

ボンカースとあやしい影は、取っ組み合って、床に転がった。

ガシャン！

テーブルの上の花びんがたおれ、割れた。

ボンカースは、相手の巨体に押しつぶされ、必死の悲鳴を上げた。

「**ぐわぁぁぁぁぁぁぁぁ！　やめろぉぉぉぉ！**」

大きな物音と悲鳴を聞き、まっさきに飛び起きたのは、メタナイト。

「ボンカースの声か！」

彼はすばやく剣をぬき、居間を飛び出した。

他のみんなは、そうはいかない。

「ええ……？　ボンカース？」

「ふぁぁ？　もう朝か？」

バンダナワドルディやバーニンレオが、寝ぼけまなこをこすって起き上がったときには、
メタナイトは早くも二階に駆け上がっていた。

ボンカースの部屋は、二階のいちばん奥だ。

メタナイトはドアに手をかけたが、内側からカギがかかっている。

「ボンカース！　ここを開けろ！　なにがあった……!?」

メタナイトは、体当たりでドアをはじき飛ばした。

「ボンカース……！」

身がまえながら、室内に目を走らせる。

けれど、ボンカースの姿はなかった。

メタナイトは、慎重に、部屋に足を踏み入れた。

ベッドは乱れている。さわってみると、まだ、ぬくもりが残っていた。つい今まで、ボンカースが寝ていた証拠だ。

イスは倒れ、テーブルの上にあった花びんも、ひっくり返って割れている。

そして、窓が開いていた。昨夜よりは少しマシになった風と雪が、ひゅうひゅうと吹きこんでいる。

窓の下を見た。そこには、ハシゴがかけられていた。

「曲者は、ここから侵入したということか……」

ようやく、他のみんなが駆けこんできた。

「どうしたの!?」

「ボンカースは……!?」

メタナイトは窓を示して、言った。

「ここから、連れ去られたようだ。見たまえ、雪の上に、引きずった形跡がある」

窓から地面を見下ろすと、積もった雪の一部がへこみ、なにか大きなものを引きずったような、あとが残っている。

バンダナワドルディが、床に落ちている紙に気づいて、ひろい上げた。

「メタナイト様、また、犯人からのメッセージです！『**ようこそ、ふたりめ。つぎも、おたのしみに**』……！」

バンダナワドルディは、ふるえ上がった。

メタナイトは、けわしい声で言った。

「くだらぬ、おどしだ。気にするな。私は、敵を追う」

メタナイトは、ためらいもなく、窓から飛び下りた。バンダナワドルディも、すぐに続いた。

気づいたメタナイトは、きびしく叫んだ。

「君は、山荘に残っていたまえ！」

「いいえ、ぼくも行きます！」

こわがってはいられない。カービィやデデデ大王が、腹ペコのあまり気絶している今、自分だけでもがんばらなければ。

バンダナワドルディの、そんな決意を見てとって、メタナイトはうなずいた。

「よかろう。ただし、私からはなれるなよ」

「はい！」

二人は、雪に残されたあとを追った。

だが、とちゅうで強い風が吹きつけてきた。雪がぶわっと舞い上がり、視界をふさいだ。

雪上のあとは、たちまち、かき消されてしまった。

メタナイトが、息をはずませて言った。

「これでは、どちらの方向へ行ったのか、わからん。まさか、バウンシーに続いて、ボンカースまで……」

バンダナワドルディは、駆け回って声を張り上げた。

「ボンカース！　おーい、ボンカース！　どこにいるの!?」

だが、返事はない。吹きすさぶ風の音が聞こえるばかり。

メタナイトが言った。

「いったん、山荘にもどろう。残してきたみなが、心配だ」

バンダナワドルディは、ハッとした。

山荘には、起き上がれないデデデ大王とカービィ、コックカワサキ、バーニンレオがいる。今、敵にふいをつかれたら、なすすべもない。

二人は大急ぎで、山荘に駆けもどった。

7 バンダナワドルディの決心

山荘の居間に集まったのは、気絶中の二人を含めて、六人。

コックカワサキが、絶望的な顔で言った。

「犯人が残した挑戦状のとおりになった……まず、バウンシー。次は、ボンカース……！」

メタナイトが言った。

「バウンシーは、小さくて、力も弱い。抵抗できなかったのも、無理はない。だが、ボンカースはちがう。寝ているところをおそわれたようだが、それでも、彼が本気で抵抗すれば、なみの者ではかなわないはずだ」

バーニンレオが、力なく言った。

「……そうだよな。あのボンカースを、こんなにかんたんに連れ去っちまうなんて……敵は、とてつもない力を持ってるってことだぜ……」

コックカワサキが、つかれ果てた声で言った。

「山を、下りようよ。今なら、きのうの夜よりは吹雪がマシになってる。このくらいなら、なんとか、ワープスターが飛べるはずだよ」

バンダナワドルディが言った。

「でも、バウンシーやボンカースを見捨てるわけにはいかないよ。チリーだって、まだ帰ってこないんだし……」

メタナイトが言った。

「むろん、見捨てはしない。だが、今のままでは、われわれには打つ手がない」

「打つ手……？」

「うむ。いったん下山し、準備をととのえたほうが良いだろう」

「……わかりました」

バンダナワドルディはうなずき、ぐったりしているカービィをゆさぶった。

「起きて、カービィ。山を下りよう。ワープスターを動かして！」

どこにでも飛んでいける黄色い星、ワープスターは、カービィのたいせつな相棒。カービィでなければ、動かせないのだ。

けれど、カービィは、意識がもうろうとしている。

「おで……ん……ぼくの……肉まん……ピザまん……カレーまん……」

「山を下りれば、おでんでも肉まんでも、好きなだけ食べられるよ。そのために、ワープスターを動かして。お願いだよ、カービィ！」

その言葉を聞くと、カービィは、パチッと目を開けた。

「え!? なんでも？ おでんも、肉まんも？ あんまんも、ちくわまんも、はんぺんまんも？」

「うん、なんでも！ だから、ワープスターを動かして！」

「うわぁぁぁぁい！」

カービィは、たった今まで気絶していたのが信じられないほど、とたんに元気になって、外に走り出た。

「おねがい、ワープスター！ ぼくら、山を下りたいんだ！ ワープスタ……あれ？」

カービィは、きょろきょろとあたりを見回した。

山荘のすぐ近くにいたはずのワープスターが、見当たらない。

「ワープスター？　ワープスター、どこー？」

カービィたちは、あたりを探したが、ワープスターはいない。

バーニンレオが言った。

「ゆうべは、すごい吹雪だったからな。どこかに避難してるんじゃねえか？」

「そっかな……おーい、ワープスター！　来て、ワープスター！」

カービィは空に呼びかけたが、なんの反応もなかった。

「おかしいなあ……どんなに遠くにいても、ぼくの声なら届くはずなんだけど……おーい、ワープスター！」

しかし、そのとき。

バンダナワドルディが叫んだ。

「た、たいへんだよ、カービィ！　あれを見て！」

カービィたちは、バンダナワドルディに駆けよった。

山荘の裏手で見つかったのは――バラバラにこわれたカゴと、ズタズタに切られたロープ。

バンダナワドルディは、ぼうぜんとして言った。

「ぼくらが乗ってきたカゴと、ワープスターにつないでたロープだよ……だれが、こんなことを……！」

メタナイトが、押し殺した声で言った。

「……これも、敵のしわざか。ロープを切り、カゴをこわし、ワープスターを連れ去ったようだな」

「ええええええ――!?」

カービィは、飛び上がった。

「ワープスターを!?　どうやって!?」

バーニンレオが、ポッと火を吹いて言った。

「そんなの、無理だぜ！　あんなデカい星を、どうやって連れ去るんだよ!?」

「わからん。なんらかの術を使って、ワープスターを拘束したのだろう」

メタナイトは、考えこみながら続けた。

「敵は、とてつもない力の持ち主だ。どうやら、われわれが考えていた以上の、強敵らしい」

コックカワサキが、がっくりと、顔をおおってつぶやいた。

「……それって……ぼくらは、もう、ここから出られないってことだよね。食べものもないし、助けを求めることもできない……！」

カービィは、ふたたびふらふらとよろけて、言った。

「ここから、出られないの……？　じゃあ……おでんは？　肉まんは？　朝ごはんは……？」

メタナイトが、頭を振った。

「カービィ、残念だが……ここには食料がなく、山を下りる手段もない。当分の間、食事はできない」

「と、とーぶん……なんにも……食べられない……の……？」

カービィは、またもやバッタリと倒れてしまった。もはや、声をかけてもゆさぶっても、反応がない。

バンダナワドルディが、カービィにおおいかぶさって、うったえた。

「このままじゃ、カービィが冷え切っちゃう！　あったかいところに、運んであげなくちゃ……！」

「うむ。急ごう」

みんなで力を合わせて、カービィをあたたかい居間に運びこんだ。


「……きわめて、まずい状況だ……」

さすがのメタナイトも、声が暗い。

コックカワサキが、うつろな声で言った。

「食料がなくて……カービィとデデデ大王は戦えなくて……今、おそわれたら……ぼくらは、もう……」

バーニンレオが、泣きそうな声で言った。

「やっぱり、雪山なんかくるんじゃなかったぜ！　バウンシー、ボンカース、それにチリーまで……！　マグマ温泉なら、みんな幸せになれたのによぉ……！」

そのとき、バンダナワドルディが顔を上げて、言った。

「ぼくが、山を下ります」

「……なに？」

メタナイトが、ふしぎそうに聞き返した。

コックカワサキが言った。

「どうやって？　ワープスターは行方不明なんだよ」

「この山荘の入り口に、スキー板が置いてあったはずです。あれを使います」

「スキーだって!?」

メタナイトたちは、おどろいて、バンダナワドルディを見た。

バーニンレオが言った。

「むちゃだぜ！　この山、かなり高いし、けわしいんだぜ。だいいち、おまえ、スキーをやったことあるのかよ？」

「あります！」

バンダナワドルディは、キリッとして、うなずいた。

「前に、雪がちょっと降ったとき、デデデ城の裏の丘で、練習しました！」

「ばかー！　そんなのと、比べものになるかよ！」

「でも、すべり方はわかります。だれかが山を下りて、助けを呼ばなきゃ……！」

バンダナワドルディは、メタナイトにうったえた。

「山を下りれば、通信装置が使えます。ぼく、戦艦ハルバードのみなさんに伝えます。メタナイツが来てくれれば、ぜったい助かります！」

メタナイトは、じっとバンダナワドルディを見つめて言った。

「いや、私が行く。君には、危険すぎる」

「ダメです！　また、犯人が襲ってくるかもしれないんです。メタナイト様は、ここで、みんなを守ってくださらないと！」

バンダナワドルディの表情は、真剣そのものだった。

メタナイトは、静かにうなずいた。

「……わかった。われわれの運命を、君に、託そう」

バンダナワドルディは、立ち上がった。

一行は、外に出た。雪はやみ、風も弱まっている。

バンダナワドルディは、いちばん小さいサイズのスキー板をはき、ストックをにぎった。

コックカワサキが、ハラハラしながら言った。

「だいじょうぶかなあ……気をつけるんだよ、ワドルディ。ほんとに、ほんとに、気をつけて」

バンダナワドルディは、はつらつとした声で答えた。

「だいじょうぶ！　お天気も良くなってきたし、心配いりません。それじゃ……大王様とカービィのこと、どうか、よろしくお願いします」

バンダナワドルディは、よたよたと進んで行き、斜面をすべり出した。

そのとき、コックカワサキがハッとして叫んだ。

「待って、ワドルディ！　そんなかっこうじゃ……マフラーも、手ぶくろも、してないじゃないか！」

急いで山荘から飛び出したために、バンダナワドルディは、身じたくをぜんぜんととの

えていなかった。

「ワドルディ！　待ってー！」

追いかけようとしたが、もう遅い。

バンダナワドルディの小さな姿は、あっというまに、見えなくなってしまった。

居間にもどった三人は、無言でしばらく過ごした。

コックカワサキが、窓ガラスごしに空を見上げて、不安そうに言った。

「また、風が強くなってきたみたい。雪も、ちらつき始めたよ……」

バーニンレオが言った。

「まさか、また吹雪になったりしねえよな？　なあ……？」

だれも、答えなかった。

と、そのとき、デデデ大王がむにゃむにゃと言った。

「ワドルディ……おい、ワドルディ。食いもの……食いものだ、ワドルディ……」

コックカワサキが、あきれて言った。

「寝ぼけてるのかな。のんきだなあ」

バーニンレオも、むしゃくしゃして、どなった。

「ワドルディは、いねえよ！　少しは、心配しろよ！」

その声が聞こえたのかどうか、デデデ大王は目をこすりながら、起き上がった。

「おい、食いものを持ってこい。オレ様は腹ペコだぞ……ワドルディ？　どこだ？」

コックカワサキが言った。

「しっかりしてよ、デデデ大王。ワドルディは、出て行ったよ」

「……なに？」

コックカワサキが、事情を説明した。

話を聞くうちに、デデデ大王は顔色を変えた。

「スキーだと!? あいつが、スキーなんぞ、できるわけがないだろう！ 裏の丘で練習したときも、転んでばかりだったんだぞ！」

メタナイトが、暗い声で言った。

「彼の決意が固く、説得しきれなかった。だが、やはり、力ずくでも止めるべきだったか……すまない、デデデ大王」

「ええい！ こうしちゃおれん！」

デデデ大王は、荒々しく、山荘を出て行こうとした。

バーニンレオが、おどろいて声をかけた。

「え？ どこへ行く気だよ？」

「決まっとる！ あいつを連れもどすのだ！」

「連れもどす!? どうやって!?」

デデデ大王は、マフラーをつかんで首に巻くと、答える時間も惜しいとばかりに、山荘を飛び出した。

いちばん大きいサイズのスキー板をはき、ストックをにぎる。

「デデデ大王……！」

コックカワサキとバーニンレオが声をそろえたが、もう、デデデ大王はすべり出していた。バンダナワドルディを追って、ノンストップの直滑降！

バーニンレオが、ぼそりと言った。

「残ってるのは、四人……いいや、カービィは使いものになんねえから、三人かよ。次は、だれが消えるのかな……」

「やめてよ、不吉なことを言うのは」

コックカワサキがたしなめた。

三人が、山荘の中にもどろうとした——そのときだった。

「おーい！　ただいまー！」

声が、聞こえた。

8 最強の戦力

三人は、おどろいて振り返った。

ぴょんぴょんしながら近づいてくるのは、なんと、チリーだった。

「チリー!?」

バーニンレオが、うれしそうに、大声を上げた。

「うわあ、なにやってたんだよ、てめー！　おそすぎるじゃねーか！」

「ごめんね。ぼく、道に迷っちゃって……」

チリーは、みんなの顔を見て、言った。

「あの……あのね。ぼく、すごい発見をしたんだよ」

「発見？」

「うん。バウンシーの、手がかりなんだ」

「なんだって!?　バウンシーが見つかったのか!?」

バーニンレオが、ごぉぉぉっと火を吹いた。

「わあ、あついよ！」

チリーはあわててよけて、目をぱちぱちさせた。

「あ、あれ？　カービィやデデデ大王は？　ボンカースとワドルディも、いないね？」

コックカワサキが、しずんだ声で言った。

「そっか、チリーは、食料が盗まれたところまでしか知らないんだよね。実は、あのあと、たいへんなことが起きてね……」

コックカワサキは、これまでのできごとをチリーに話した。

ボンカースが連れ去られたこと、ワープスターが消えたこと、たった今バンダナワドルディとデデデ大王がスキーで出発したこと……などなど。

チリーは、大きなショックを受けたようだった。

「そんな……まさか、ぼくがいない間に……次々と、たいへんなことが……」

メタナイトが言った。

「君の話を聞かせてくれないか？　バウンシーの手がかり、と言っていたな？」

「う、うん……」

チリーは、うなずいて話し始めた。

「ぼく、夜じゅうバウンシーを探し回ったんだけど、見つからなかったんだ。あきらめて、山荘にもどろうとしたんだけど、すごい吹雪のせいで、道がわからなくなっちゃって。さまよってるうちに、とんでもないものを見つけたんだよ」

「とんでもないもの？」

「それはね――」

チリーは、大きく息を吸いこんで、言った。

「氷でできた、すごい宮殿なんだ」

「宮殿!?」

みんな、声をそろえて叫んだ。

コックカワサキが、目をぱちくりさせた。

「こんな山の中に？　ウソだろ？」

「ウソじゃないよ。しかも……これを見て」

チリーが取り出したのは、かわいらしい赤いリボンだった。

コックカワサキが叫んだ。

「バウンシーのリボンじゃないか！」

チリーは、うなずいた。

「これが、宮殿の近くに落ちてたんだ」

「ってことは……！」

「バウンシーは、あの宮殿の中にとらえられてるんだと思う。だけど、ぼく一人じゃ、どうしようもない。みんなに知らせようと思って、もどってきたんだけど……」

チリーの顔が、くもった。

「カービィは、戦えないんだよね。それに、デデデ大王もボンカースもいないんじゃ、戦力不足……」

バーニンレオが、ポッと火を吹いて言った。

「なんでぇ！　みくびってもらっちゃ、困るぜ！　オレが、氷の宮殿なんて、一撃でとかしてやる！　チリー、おまえだって、戦うだろ？」

「え……ええ？　う、うん、もちろん……」

チリーは、ぎこちなく、うなずいた。メタナイトが言った。

「その宮殿には、おそらく、バウンシーだけでなく、ボンカースもとらえられているはずだ。ただちに乗りこみ、彼らを助け出すぞ」

「……でも……」

「心配はいらない。カービィも戦える」

メタナイトの言葉に、コックカワサキが首をかしげた。

「カービィ？　でも、カービィはおなかがすきすぎて、気を失ってるよ……」

全員が、ソファに寝かされているカービィを見た。

カービィは、まったく意識がない。チリーが帰ってきたことにも気づかず、目を閉じたっきりだ。メタナイトはカービィに歩みより、言った。

「カービィ、敵の本拠地がわかった。ただちに攻めこもう」

「…………」

返事はなかった。カービィは、ぴくりとも動かない。

コックカワサキは、目をふせて言った。

「無理だよ。カービィには、食べものがないと……」

メタナイトは、かまわずに言った。

「私たちの食料をうばった、にくい敵だ。やつらの本拠地には、私たちの食料がある」

すると――カービィのからだが、ピクッとした。

メタナイトは、重々しく続けた。

「やつらから、うばい返すのだ。君のおでんを！　君の肉まんを！」

とたんに。

カービィは目をぱっちり開けて、飛び起きた。

「おでん!? 肉まんー!? どこどこ!? ぼくのだいこんじゃがいもはんぺんこんにゃくごぼう巻きカレーまん〜〜!?」

「よし」

メタナイトは、満足げにうなずいて、チリーを見た。

「戦力はじゅうぶんだ。氷の宮殿に、案内してくれ」

「う……うん……!」

チリーは、その迫力にけおされたように、うなずいた。

すっかり元気になったカービィは、メタナイトに飛びついて叫んだ。

「どこー!? ぼくの肉まん! ピザまん! アイスおでんまん!」

メタナイトは、それには答えず、キラッと目を光らせて言った。

「**行くぞ。反撃開始だ!**」

9 大ピンチ!?

バンダナワドルディは、何度も転びながら、雪の中をスキーですべり続けていた。

「だいじょうぶ……このくらいの坂なんて……えいっ！」

急な斜面を、思いきってすべり下りる。

けれど、すぐにバランスをくずしてしまった。

「わあああああ！」

何度もバウンドしながら、雪の上を転げ落ちる。

なんとか起き上がったけれど、もう、体力の限界だった。

息が苦しい。前が見えない。

しかも、天候がだんだん悪くなっている。風が強くなり、雪も舞い始めた。

「だ、だいじょうぶ……まだまだ、ぜんぜん、だいじょうぶ！」

手も足も冷えきって、感覚がない。顔も凍りついて、表情を動かすことすらむずかしい。

それでも、バンダナワドルディは、自分に言い聞かせながら、転んでも転んでも起き上がった。

「だいじょうぶ……だいじょうぶ！」

なんとか、下山しなければ。

自分が山を下りきらなければ、みんな、助からない。

デデデ大王、カービィ、メタナイト、コックカワサキ、バーニンレオ。

そして、姿を消してしまった、バウンシー、ボンカース、チリー。

みんなの運命が、バンダナワドルディにかかっている。

「だい……じょうぶ！」

しかし、とつぜんの強風が吹きつけてきて、バンダナワドルディは雪の斜面を転がり落ちてしまった。

「わ………！」

はずみで、スキーがはずれ、すべり落ちていった。

「あっ！　スキーが……！」

追いかけようとしたが、とても追いつけない。あっというまに、スキー板は見えなくなった。

「ど……どうしよう……！」

頭の中が、まっしろになった。

この雪の中、スキーを失ったら、もう身動きが取れない。

「ぼく……だいじょうぶ……じゃ……な……い……」

そう思った瞬間、からだが、すくんでしまった。

冷たい風が、ますます強く、吹きつけてくる。

バンダナワドルディは、雪の中でうずくまった。

急いで飛び出してきたため、マフラーも手ぶくろも身につけていない。

丸めたからだにも、頭にも、ようしゃなく大粒の雪が降り積もる。

わき上がってくるのは、情けない自分を責める気持ちばかり。

「ぼくの……せいで……ごめん……ごめんなさい……みんな……！」

ポロッと浮かんだ涙も、たちまち、凍りついた。

「大王様……大王……様ぁ……」

ぎゅっと閉じた目の中に、デデデ大王のまぼろしを見た——そのときだった。

「うりゃあああ！　見つけたぞおおおお！」

どら声とともに、大きな影が降ってきた。

急斜面を大ジャンプして、バンダナワドルディのすぐ近くに降り立ったのは、デデデ大王！

「…………え？」

バンダナワドルディは、雪にうもれたまま、目だけあけて動かした。

たちまち、太い腕が雪をかき分け、バンダナワドルディをつまみ上げた。

「えええええい！　手間を取らせおって！　この、大ばかものが！」

デデデ大王は、パンパンと乱暴に、バンダナワドルディにまとわりついた雪をはらった。

「え……ええええ!?」

バンダナワドルディは、つままれたまま、目をぱちぱちさせた。

雪をはらわれたおかげで、顔の表情が動かせるようになった。

バンダナワドルディは、ぱあっと顔をかがやかせた。

「デデデ大王様!?　これは……まぼろし……じゃない……ほんとの大王様!?」

「当たり前だ！　きさま、まぼろしと本物の区別もつかんのか！　まったく！」

デデデ大王は、自分のマフラーをはずして、バンダナワドルディをぐるぐる巻きにした。

バンダナワドルディは、ほっと白い息をはいた。

冷えきっていたからだが、芯から、ぽかぽかと温まるような心地だった。

「大王様！　どうして……！」

「どうしても、こうしても、ないわい！　腹が減りすぎて、じっとしとれんのだ！　きさま、オレ様の部下のくせに、食いものも用意せんとは、たるんどるぞ！」

「は、はい！　ごめんなさい！」

バンダナワドルディは、目をこすった。

これは、夢ではない。まぼろしでもない。

本物のデデデ大王が来てくれたのだと思うと、涙があふれてきて、止まらなかった。

「わあ……わあああん！　大王様……大王様ぁぁ……！」

「ええい、泣くな！　凍るぞ！」

デデデ大王は、ふきげんそうに言って、バンダナワドルディをあらためて見下ろした。

「むむ？　きさま、スキーはどうした？」

「あ……さっき、転んで……流されてしまって……」

「だぁ!?　スキーを流された!?　大ばかものが！　スキーなしで、どうやって雪山を下りる気だ！」

「ご、ごめんなさい、あの……」

デデデ大王は、いま下りてきた急な斜面を見上げ、言った。

「山荘にもどるのは、無理だな。下山するしかない」

「は……はい……でも……ぼく……」

「まったく、世話の焼けるヤツだ！」

大王は、ふたたびバンダナワドルディをつまみ上げて、おんぶした。

「すべり下りるぞ。しっかりつかまってろ」

「は……はい！」

「言っておくが、オレ様は、猛スピードの直滑降しかできんからな。振り落とされるんじゃないぞ！」

デデデ大王が、すべり出そうとしたときだった。

とつぜん、強い風が吹きつけてきた！

「ぬぁ!?」

デデデ大王は、ふいをつかれて、横倒しになった。

そこへ。

なぞめいた集団が近づいてきた。

ふわふわと宙を飛んでいる者や、ヤリを手にしている者もいる。

彼らは、デデデ大王とバンダナワドルディに気づくと、色めき立って叫んだ。

「見つけたぞ！　山荘から逃げ出した連中だ」

「つかまえるよ、コロリ」

「よしきた、スノウル」

スノウルと呼ばれたのは、大きな目玉と羽毛をもつ、ふしぎな鳥のようないきものだった。

スノウルは、つばさをはためかせ、氷のかたまりをぶつけてきた。

「ぬううう!?　なにをする！」

デデデ大王は、飛んできた氷をストックで打ち返した。

バンダナワドルディが叫んだ。

「大王様、ひょっとして、この連中がバウンシーとボンカースを……!?」

「そのようだな！　ようやく、曲者どもが、姿をあらわしたのだ！」

コロリと呼ばれたのは、黄色いニット帽をかぶった鳥のようないきものだった。片手に、長いヤリを持っている。

コロリは、ヤリを突き出して叫んだ。

「おとなしく、降参するんだ！」

「こちらのセリフだわい！　オレ様をだれだと思って……！」

デデデ大王は言いかけたが、スノウルの氷玉を顔面にくらって、ひっくり返ってしまった。

スノウルやコロリの仲間たちが、ワッと押しよせてきた。

「な、な、なんなのだ、きさまら……！」

いつものデデデ大王なら、切りぬけられたかもしれない。

けれど今、デデデ大王は腹ペコで、冷えきっており、体力がなかった。

しかも、ほとんど動けずにいるバンダナワドルディを、かばわねばならない。

「くっ……おのれぇぇ！」

いくつもの氷玉をぶつけられ、ヤリを突きつけられ、体当たりをくらう。

からだが凍え、ついには、まったく動けなくなってしまった。

バンダナワドルディが叫んだ。

「大王様ぁ……！」

だが、もはや、どうすることもできない。

なぞのいきものたちは、ロープを取り出して、デデデ大王をしばり上げた。

バンダナワドルディは必死に抵抗した。

「な、なにをするんだ！　大王様をはなせ……！」

しかし、バンダナワドルディも、あっというまにしばられてしまった。

コロリたちは、デデデ大王をかつぎ上げて、浮かれた調子で言った。

「つかまえた！　宮殿に連れて行こう！」

「やったね。あのお方が、ほめてくださるよ！」

デデデ大王は、弱々しい声で聞いた。

「……あのお方だと？　なんだ？　おまえらには、黒幕がいるのか……？」

すると、コロリがうれしそうに言った。

「ふふっ。聞いておどろけ、ボクたちの、おかしらはねぇ……」

スノウルが、あわてて止めた。

「ばか、しゃべるなよ！　さあ、行こう！」

「よーし！」

それっきり、なにもしゃべらず、なぞの軍団はデデデ大王とバンダナワドルディを雪山の奥へと運んでいった。

10 氷の宮殿へ

チリーは、みんなを案内して、雪道を歩いていた。

雪を踏みしめながら、メタナイトがたずねた。

「宮殿で、敵の姿を見たか？」

チリーは答えた。

「うん。兵士みたいなヤツらが、門を守ってたよ。だから、ぼく、近づけなかったんだ」

バーニンレオが言った。

「そういえば、ペンギーはどうしたんだよ？」

「……あ……えっと……」

チリーは、ハッとして、口ごもった。

バーニンレオは、気づかずに続けた。

「おまえ、出て行くときに、『ペンギーにも、協力してくれるよう、頼んでみる』って言ってたよな。ペンギーもいっしょに宮殿を発見したのか？」

「う、ううん。ペンギーは……留守だったんだ。だから、会えなかった」

バーニンレオは、ふしぎそうに言った。

「留守？　変だな。あんな夜中に、しかも猛吹雪だったのに、どこへ行ったんだろ？」

「さあ……」

チリーはうつむき、真夜中のできごとを思い返した。

チリーとペンギーは、氷の宮殿におもむき、計画の中止をうったえた。

「ぼくら、この計画が、みんなをひどい目にあわせるものだったなんて、ちっとも知らなかったんだ！」

「言ったじゃないか。みんなに、雪山を好きになってもらうための、ゆかいな計画だって……でも、こんなの、ぜんぜんちがう！　だれも、楽しんでないよ！」

「バウンシーを、みんなのところへ帰してあげて！　それに、盗んだ食料も！」

けれど――。

二人のうったえは、聞き入れられなかった。

大きな目玉をもつ鳥、スノウルが、やれやれとばかりに息をついて言ったのだ。

「この計画は、なにからなにまで、予定どおりに進んでいるよ。君たちが、ちゃんと理解してなかっただけでね」

「そんな！　ぼくらをだまして、協力させたんだね……!?」

「だましたなんて、とんでもない。君たちが望むとおり、オレたちの仲間にしてあげたんだけどねえ」

「こんな計画だって知ってたら、仲間になんか、ならなかった……！」

大声で言い張ったペンギーは、むりやり、別の部屋に連れて行かれてしまった。

一人残されたチリーに、スノウルは言った。

「さて、チリー。君には、もう一つ、大事な任務をやってもらうよ」

「ぼく、もう、協力したくない……！」

チリーは抵抗したけれど、スノウルはかまわずに続けた。

「君は山荘にもどって、連中にこう言うんだ。敵の本拠地を見つけた、ってね」

「……え？」

「そして、ヤツらを信用させるために、これを見せるんだ」

スノウルがよこしたのは、赤いリボンだった。

チリーは息をのんだ。

「これは……バウンシーのリボン！」

「これを宮殿の近くで見つけたって言えば、あいつら、助けに来ようとするだろ。腹ペコで、弱りきったまま。まさに、絶好のチャン

スだ。君は、あいつらをワナにさそいこみ……」

「もう、いやだよ！　ぼく、もう、みんなをだましたくないよ！」

チリーは、強く言い張った。

「だけどね、チリー。言うとおりにするしかないよ。次はだれを襲えばいいか、山荘にもどる前に、話してもらおうか。……ペンギーを助けたかったらね！」

スノウルの大きな目玉が、キラリと光った。


「宮殿は、こっち。もうすぐだよ」

チリーは、みんなの先頭に立って歩き続けた。

まもなく、一行は、ガケの上に出た。

目の下に広がった光景を見て、みんな、息をのんだ。

チリーが言ったとおり、すばらしい氷の宮殿が建っていた。

壁も、屋根も、とがった塔も、すべて氷でできている。雲の合間から光がさしこみ、宮殿をキラキラとかがやかせていた。

「す、すごい……」

コックカワサキが、ため息まじりにつぶやいた。

カービィが、真剣な表情で言った。

「あの中に、あるんだ……ぼくのおでんと肉まんが！」

バーニンレオが言った。

「食いものより、まずはバウンシーとボンカースだぜ。あの中に、閉じこめられてるにちがいねえ。助けなきゃ！」

「うん！」

カービィたちは、慎重に、氷のガケをすべり下りた。

積もった雪の後ろにかくれながら、そっと宮殿のほうをうかがう。

宮殿の入り口には、だれもいなかった。門も、開け放されている。

メタナイトが、声をひそめて言った。

「見張りの兵は、いないようだな。チリー、君が見たときは、兵士が門を守っていたのだろう？」

「うん……休憩時間なのかもしれないね」

「近づいてみよう」

用心しながら近づいてみたが、やはり、兵士は一人もいない。

バーニンレオが、張り切って言った。

「ヤツら、ゆだんしてるんだな。チャンスだぜ！」

一行はそろそろと進み、宮殿の中にすべりこんだ。

宮殿は、内側もすべて氷でできていた。柱も、天井も、すべてカチカチの氷だ。

バーニンレオは、ブルブルッと身ぶるいして、文句を言った。

「つめてぇ！　だれだよ、こんな悪趣味な宮殿を建てたのは……かぜ引いちまうぜ！」

「しっ。静かに」

メタナイトが注意した。

チリーが言った。

「あっ、あっちに階段があるよ。地下に続いてるみたい」

「よし、行ってみよう」

一行は、氷の階段を下りてみた。

地下は、ふしぎな空間だった。通路の両側に、ずらりと台座がならべられている。

コックカワサキが言った。

「博物館みたいな場所だね。だけど、台座があるだけで、なんにもかざられてない」

「なにをかざる気なんだろうな」

「――待て」

メタナイトが押し殺した声で言い、みんなを止めた。

「奥に、兵士の気配が感じられる」

「……え？」

「声を立てるな」

メタナイトは足音を立てずに進んで行き、曲がり角に身をひそめた。

みんなも、おっかなびっくり、彼にならった。

そっと様子をうかがう。たいくつそうな兵士が二人、床にすわりこんでいた。剣は持っているものの、すっかりゆだんしきっているようだ。

メタナイトが、ささやいた。

「あの者たちは、私が片づける」

言うが早いか、氷の床をけって、兵士たちに飛びかかる！

二人の兵は、声を上げる間もなく、気絶させられてしまった。

そのとき、バーニンレオが気づいて叫んだ。

「あっ、見ろよ、あれ……！」

奥の台座に、ふしぎなものが、かざられていた。

大きな氷のかたまりだ。

コックカワサキが、つぶやいた。

「他の台座は、からっぽなのに……ここだけ、なにが……？」

おそるおそる近づいた一行は、氷の正体に気づいて、ぼうぜんとした。

「バウンシー……！」

それは、カチカチの氷づけにされた、バウンシーだった。

カービィが叫んだ。

「バウンシー！　だいじょーぶ!?　返事をして、バウンシー！」

けれど、もちろん、返事などない。

バーニンレオが、メラメラと怒りに燃えて、叫んだ。

「ちくしょう、なんてひどいことをしやがるんだ！

下がってろ、みんな！」

バーニンレオは、氷づけのバウンシーに、ボオオオッと火を吹きつけた。

みるみる、氷がとけていく。

氷の中からあらわれたバウンシーは、ぱったり、たおれた。

「バウンシー！」

「しっかりして！」

みんなが、あわててバウンシーを取り囲む。

バウンシーは、弱々しい声を上げた。

「あ……み……みん……な……」

「バウンシー！　だいじょーぶ!?」

「う……うん……たすけに……きて……くれ……た……の……」

バウンシーは、ぐったりしていて、今にも気を失ってしまいそうだ。

チリーが、赤いリボンを差し出した。

「バウンシーのリボンだよ！　宮殿の近くで、見つけたんだ」

「……え……？　わたしの……リボ……ン……」

リボンを見たとたん、バウンシーはぱっちり目をあけて、ぴょーんと飛び上がった。

「きゃあっ、わたしのリボンー！」

いつもの、元気いっぱいな声だ。

「やったー！　ありがとう、チリー。やっぱり、これがなくちゃね！」

かわいいリボンをつけると、バウンシーは元気百倍。

すっかりいつもどおりになって、ぴょんぴょん飛び回った。

カービィたちは、ホッとした。

「たぶん、ボンカースも同じ目にあってるはずだよ」

「うん、探そう！」

ボンカースは、すぐに見つかった。ひとまわり大きな台座の上で、やはり、氷づけになっている。

バーニンレオが火を吹きつけた。

凍えきっていたボンカースだが、氷がとけると、たちまち元気になった。

「やっと来やがったか、てめーら！　おそかったじゃねーか！」

「ボンカース、だいじょーぶ？　ケガしてない？」

カービィがたずねると、ボンカースはふんぞり返って答えた。

「あったりめぇよ！　ちょっとゆだんして、つかまっちまっただけだ。くっそぉ……この借りは、倍にして返してやるぜ！」

コックカワサキが言った。

「とにかく、二人とも、無事でよかったよ。いったい、なにがあったの？」

「それがね、聞いて、聞いて！　ひどいのよ！」

バウンシーは、話したくてたまらなかったらしい。早口になって、まくし立てた。

「わたし、夜中に目がさめちゃって、お水を飲みたくなって、一階に下りたの。そして、キッチンに行ったら、食料庫のほうから、ゴソゴソって音が聞こえてね……」

バウンシーは、そのときのことを思い出したのか、ぶるぶるっとした。

「なんだろうと思って、そっとドアを開けてみたら……おおぜいの、不気味なヤツらが、食料を運び出そうとしてるところだったの！」

「ぼくのおでんだ！」

カービィが叫んだ。

「あと、ぼくの肉まんと、ぼくのカレーまんと、ぼくのピザまんと、ぼくのハンバーグまんと、ぼくの焼きそばまんと、ぼくのアイスクリームまんと、あと、あと……！」

「とにかく、わたし、びっくりして、悲鳴を上げちゃった。そしたら、かかえ上げられて、食料といっしょに大きな袋につめこまれちゃったの！　こわくて、こわくて、気を失っちゃった！　あとのことは、よく覚えてないの」

コックカワサキが、気の毒そうに言った。

「たいへんな目にあったんだね。ボンカースは？」

「オレは、部屋で、ぐっすり寝てたんだぜ」

ボンカースは、腹立たしげに言った。

「だが、とつぜん冷たい風が吹きこんできたんで、目がさめたんだ。そしたら、なんと、だれかが窓を開けて、オレの部屋に入ってくるところだったんだよ。思わず飛び起きたんだが、相手のほうが素早くてよ……あっというまにのしかかられて、気を失っちまったんだ……！」

ボンカースは、くやしそうに、床を踏み鳴らした。

「寝こみを襲うなんて、ひきょうだぜ！　寝ぼけてなかったら、あんなヤツ、一発でたたきのめしてやったのに！」

バーニンレオが、たずねた。

「ボンカースを気絶させるなんて、すげえな。どんなヤツだったんだ？」

「暗かったし、一瞬のできごとだったから、よく見えなかった。デカくて、めちゃくちゃ強えってことしか、わからねえ」

メタナイトが、考えこみながら、言った。

「そうか……ふむ……一つ、なぞがあるのだが」

「なぞ？　なんだよ？」

「犯人は、なぜ、ボンカースを標的にしたのだろう？」

「え？」

ボンカースは、きょとんとした。

「そんなの、決まってるじゃねえか。おめーらは居間に集まってたけど、オレだけは部屋で一人で寝てた。だから、チャンスだと思ったんだろう」

「なぜ犯人は、それを知っていたのだ？」

メタナイトは、考えこんだ。

「ボンカースが、二階のいちばん端の部屋で、一人きりで寝ていることなど、外から知る方法はなかったはずだ。なのに、犯人は迷わずボンカースをおそった。いったい、なぜ……？」

カービィが、もどかしそうに言った。

「そんなことより、早く食べものを探そうよ！　ぼくのおでんと肉まんを、取り返さなきゃ！」

手を引っぱられて、メタナイトは、われに返った。

「あ、ああ、そうだった。行こう」

一行は、左右を見回した。

「盗まれた食料が、どこかに保管されているはずだ。バウンシー、ボンカース、なにかこころ当たりはないか？」

「さあ……わからない。わたし、氷づけだったから」

「オレだって、わからねえよ。おおぜいの兵士が出入りして、ザワザワしてる気配は感じたんだが……」

メタナイトは、つぶやいた。

「おおぜいの兵士、か。今のところ、姿が見えないが、宮殿のどこかに待機しているのだろうな。さて、どう戦うか……」

バウンシーが、ふと気づいて言った。

「あれ？　デデデ大王とワドルディは、どうしたの？」

「二人は、スキーで山を下りた。うまく行っていれば、そろそろ、ふもとに着いているころだが……」

と、そのとき。

とつぜん、けたたましいサイレンの音が鳴り響いた。

カービィたちは、おどろいて飛び上がった。

「な、なに……!?」

「警報だ。私たちの侵入に気づかれたようだ」

メタナイトは、するどく目を光らせた。

階段のほうから、ドタドタとおおぜいの足音が聞こえてくる。

「侵入者め！」

「逃がすな！」

兵士たちの声もする。

メタナイトは言った。

「来た道は、ふさがれた。他の道をさがそう」

「うん……！」

一行は、奥へ走り出した。

しかし。

「いたぞぉ！　とらえろ！」

たちまち、進む道もふさがれてしまった。

メタナイトは剣をぬいた。

「切りぬけるしかない！　みな、用意はいいか!?」

「うん！」

カービィもボンカースもバーニンレオもチリーも、せまってくる敵をにらみつけた。

コックカワサキも、用意してきたフライパンをかまえている。バウンシーは、小さくち

ぢこまって、身を守った。

「ここは、通さないよ！」

ニット帽をかぶった兵士が、ヤリを持って、襲いかかってくる。

メタナイトは、剣でそのヤリを食い止め、はじき飛ばした。

ヤリの兵士の後ろから、大きな目玉とつばさのある兵士が飛んできて叫んだ。

「コロリ、気をつけろ！　そいつら、強いよ！」

「わかってるよ、スノウル！」

カービィが叫んだ。

「ぼくの肉まんを、返せー！」

「ふふん！　知らないね！」

スノウルが、氷のかたまりを投げつけてきた。

カービィはすばやくよけて、空気弾で反撃！

ボンカースも、コックカワサキも、次々に攻撃をはねのけた。

中でも、すごい活躍を見せたのは、バーニンレオ。

「うりゃあ！　オレの炎を受けてみろ！」

思いっきり息を吸いこんで、炎を吹く。

コロリもスノウルも、大あわてで後退した。

「うわっ！　あっちー！」

「に、逃げろ！」

氷の宮殿の兵士たちは、ことのほか、炎に弱い。

彼らがひるんだのを見て、メタナイトが叫んだ。

「いいぞ、バーニンレオ！　その調子で、ここを突破しよう！」

「おう！　オレにまかせろー！」

メタナイトが剣を振りかざし、カービィが空気弾を放ち、ボンカースがこぶしを振り回す。ついでに、コックカワサキも、フライパンで敵をひっぱたく。

全員の力で、道を切りひらいた。

「走れー！」

敵をけちらし、駆けぬける。

チリーが叫んだ。

「みんな、こっちに階段がある！　ここから、地上に出られるよ！」

チリーが先頭に立って、階段を駆け上がった。

カービィたちも、チリーに続いた。

そこは、氷の広間だった。兵士たちが武器をかまえて、どっと押しよせてくる。

チリーはおそれずに、猛ダッシュ！

メタナイトが叫んだ。

「待て、チリー！　一人で先走るな！」

けれどチリーは、聞こえないかのように、ますますスピードを上げた。

「あぶない！　止まれ、チリー！」

チリーが、敵の集団に突っこんでいく――。

と、その瞬間。

カービィたちの前に、無数の氷のヤリが突き立った。

「わわわわ!?」

カービィたちは、つんのめってストップ。

「な、なに!?」

振り向けば、背後も氷のヤリでふさがれていた。

カービィたちは、氷のヤリに囲まれ、進むこともどることもできなくなってしまった。

ただ一人、ヤリの外側にいるチリーをのぞいて。

バーニンレオが叫んだ。

「チリー、オレたちのことは、気にすんな！　おまえだけでも、逃げろー！」

チリーは、動かなかった。

みんなに背中を向けて、じっと、立ちすくんでいる。

「チリー……？　どうした？」

と、そのとき。

追っ手のスノウルが、にんまりと笑って、チリーに声をかけた。

「よしよし、よくやったぞ、チリー。作戦どおり、ヤツらをうまく、ワナにさそいこんだな！」

「……え？　チリー……？」

みんな、ぼうぜんとして、チリーを見つめた。

チリーは、しょんぼりと、スノウルのそばによっていった。

バーニンレオが、声をふるわせた。

「な……なんだよ？　どういうことだよ？　チリー……おまえ、まさか……！」

その瞬間だった。

氷の天井が割れて、そこから、明るい光とともに何者かが舞い降りてきた。

カービィたちは、目をみはった。

キラキラと氷の粒が舞う中、美しい声がひびいた。

「ジャマハローア、みなさん。お久しぶりですわね」

カービィは、ひっくり返るほどおどろいて、叫んだ。

「えええええええええ!? フラン・キッスー――!?」

11 おそろしい計画

デデデ大王とバンダナワドルディは、地下の牢屋に閉じこめられていた。

バウンシーやボンカースが氷づけになっていた場所とは、少しはなれた区画だ。

デデデ大王があばれ回るので、氷づけにすることができず、牢屋に放りこまれてしまったのだ。

「ガリガリガリガリ……！」

迫力のある音が、二人が閉じこめられた牢屋にひびいていた。

デデデ大王が、氷の格子にかみついている音だ。

氷といっても、ふつうの氷とはちがう。特別な術によって作られた、鋼鉄にもおとらない強度をほこる氷だ。

なんと、大王は、その氷でできた格子をかみ砕く気なのだ。

　バンダナワドルディが、涙ぐんで言った。

「もう、やめてください、大王様！　口に、ケガをしてしまいます！」

「このくらい、平気だわい！」

　大王は、かみつくのをやめて言った。

「氷ぐらいで、オレ様を閉じこめられると思うな！　こんなもの、ちょっと固いアイスキャンデーだと思えば、なんでもないわい！」

　おそるべき、大王のアゴの力。なんと、氷の格子は、少しずつ削られていった。

「**ガリガリガリガリ……バリバリバリバリ……ガリバリガリバリガリバリ！**」

と、そのとき。

侵入者を知らせる、サイレンが鳴りひびいた。

大王は、首をかしげた。

「なんだ？　なんの音だ？」

「サイレンのようですが……あっ、ひょっとしたら、カービィたちが来てくれたのかも！」

バンダナワドルディの声が、明るくなった。

デデデ大王は、ニヤリとした。

「フン、やっと来たか。おそいわい！　よし、もう少しだ！　ガリバリガリバリガリ
バリ…………！」

そして、ついに。

ノコギリでも切れないほど固い固い氷が、かみ砕かれた！

「よぉし！　脱出だ！」

デデデ大王とバンダナワドルディは、牢屋をぬけ出した。

「カービィたちと合流するぞ！」

「はい！」

二人は走り出したが――バンダナワドルディが言った。

「待ってください、大王様。だれかの声が聞こえます！」

デデデ大王は、足を止めた。

「声？　カービィか？　メタナイトか？」

「ちがうと思います。だれかが……泣いてるのかな？」

かすかに聞こえてくるのは、ため息まじりの、すすり泣きだった。

「バウンシーかな……？　ううん、ちがうみたい……だれだろう？」

バンダナワドルディは、あたりを見回した。

デデデ大王は言った。

「他にも、つかまってるヤツがいるのか？　しかたない、助けてやるとするか」

「はい！」

バンダナワドルディとデデデ大王は、声のする方向へ走っていった。

兵士たちをしたがえて、優雅にほほえんでいるのは、氷華の三魔官フラン・キッス！

魔神官ハイネスに仕え、カービィたちを苦しめた、三魔官の一人だ。

はげしい戦いを経て、カービィによって救われ、姿を消していたはずなのだが――。

カービィは、ぽかんとして、たずねた。

「こんなとこで、なにしてるの、フラン・キッス？　元気？」

「フフ……あいかわらず、のんきですのね、星のカービィ」

フラン・キッスは、美しい声で笑った。

メタナイトが、けわしい目でフラン・キッスをにらんだ。

「おまえが、すべての黒幕なのか？　おまえが……チリーを手なずけて、裏切らせたのか？」

チリーは、びくっとして、うなだれてしまった。

バーニンレオが、ぼうぜんとして言った。

「裏切り……ウソ……だろ？　チリー、ウソだよな？」

チリーは、顔を上げない。

フラン・キッスが言った。

「裏切りだなんて、とんでもありませんわ。チリーは、自分のこころに素直にしたがっただけなのです」

「なんだと……？」

「彼は、ほこり高きアイス一族の一人ですもの。ワタクシたちと共闘するのは、当然のことですわ」

「……え？」

カービィが、きょとんとして言った。

「ほっこりたい焼きアイスクリーム一族？　うわあ、おいしそう！　いいなあ、チリー！」

フラン・キッスは、ムッとして言い返した。

「ほこり高きアイス一族、ですわ！　雪や氷を愛する者たちを、そう呼ぶのです。ワタクシが名づけました」

メタナイトが言った。

「説明してもらおう。どういうことだ？」

「いいでしょう。すべて話してあげましょう」

フラン・キッスは、満足げにほほえんで、話し始めた。

「実はワタクシ、最近、少しばかり気のふさぐことがあって、旅に出ることにしたのです。カービィをからかってさしあげれば、少しは気が晴れるかと思いついて、目的地をプププランドにしましたの」

フラン・キッスは、「気のふさぐこと」を思い出したのか、少しだけ顔をくもらせ、自分の手首に目をやった。

そこには、キラキラと光る、美しい氷のブレスレットがあった。

フラン・キッスは、悲しげに頭を振ると、思い直したように続けた。

「けれど、プププランドというところは、腹立たしいほどのポカポカ陽気ではありませんか！　ワタクシ、すっかり気分が悪くなって、雪山地方に避難しましたの。そして、こちらのみなさんにお会いしたのです」

兵士たちの間から、のっそりと、大きな影があらわれた。

カービィは、目をぱちくりさせて言った。

「ミスター・フロスティ。それに、ゴライアスまで……」

ボンカースが、ハッとして言った。

「そうか、オレの部屋に忍びこんだのは、ミスター・フロスティだったんだな？　道理で、バカぢからだと思ったぜ！」

「フフン。今ごろ気づいたのか。遅いぞ！」

ミスター・フロスティはそう言って、とくいそうに、おしりを振ってみせた。

フラン・キッスは、兵士たちを振り返って言った。

「スノウル、スノッピー、コロリ……みんな、この雪山に住む、ほこり高きアイス一族ですわ。話をするうちに、ワタクシたち、すっかり仲良くなりましたの。そして、すばらしい計画を思いついたのです」

「計画……？」

「全ポップスター寒冷化計画。すなわち、この星を、氷づけにしてさしあげる計画ですわ！」

フラン・キッスは、両手を広げた。

バーニンレオが、ぶるぶるっとふるえて、言った。

「じょ、じょうだんじゃねえ……おっそろしい計画を、立てるんじゃねえよ！」

「フフ、かわいそうに。あなたは、まだ、雪や氷のすばらしさをわかっていないのですね。でも、すぐにわかりますわ。こまかなレースのような、雪の結晶のふしぎさ。凍てついたみずうみの、神秘的な美しさを」

　コックカワサキが、首をかしげて言った。

「たしか、ペンギーも、似たようなことを言ってたっけ……まさか、ペンギーも、アイス一族なの？」

「当然ですわ。彼は、とりわけ熱心に、ワタクシの話を聞いてくれました。そして、友だちのチリーを計画にさそったのです」

「……チリー……」

　カービィが名前を呼んだが、チリーは、うなだれたまま。

　フラン・キッスは、楽しげに続けた。

「チリーも、よろこんで協力してくれました。作戦のじゃまになるカービィやデデデ大王、メタナイトらを雪山にさそいこむための、手紙のアイデアを出してくれたのです。雪山なら、ワタクシたちが圧倒的に有利に戦えますものね。それに、デデデ城の裏庭にしのびこみ、通信コードをハサミで切ってくれたのもチリーです。みごとな、おてがらでしたわ」

「…………」

チリーは、顔を上げない。

フラン・キッスは続けた。

「山荘を用意して、あなたがたをおびきよせ、吹雪を起こして封じこめる。さらに、食料をうばい、体力を失わせて、全員を氷づけにする……カンペキな計画でしたわ。ところが、食料を運び出そうとしているところへ、思わぬ目撃者があらわれてしまいましたの」

「あ、わたしのこと！」

バウンシーが叫んだ。

フラン・キッスは、うなずいた。

「ええ、袋に入れて連れ去るなどという、手荒なマネをして、もうしわけありませんでしたわ。でも、仕方がありませんでしたの。見つかるわけには、いきませんでしたから」

そのとき、チリーが、ようやく顔を上げた。

彼は、泣きそうな声で言った。

「ぼく、知らなかったんだ。こんな、おそろしい計画だったなんて……みんなが、雪や氷を好きになってくれたらうれしいと思って、軽い気持ちで……加わっちゃったんだ……」

「チリー！　てめぇ……！」

バーニンレオが、ぽっぽっと炎をはいて、チリーをにらみつけた。

チリーは、涙を浮かべて言った。

「バウンシーがさらわれたとき、ものすごく、びっくりした。それで、山荘を出て、ペンギーの家に行ったんだ。ペンギーも、あせってたよ。こんな計画、すぐに中止しなくちゃいけないって、話し合って……二人で、宮殿に向かったんだ」

フラン・キッスは、笑った。

「ええ、二人が宮殿に来てくれたおかげで、次の計画が、楽に進みましたわ」

メタナイトが、うなずいて、つぶやいた。

「次の計画……なるほど、そうだったのか。ボンカースが一人で寝ていることを、どうして敵が知っていたのか、ふしぎだった。チリー、君が、情報をもらしたのだな」

チリーは、無言で、うなだれてしまった。

フラン・キッスが、ほほえんで言った。

「そのとおりですわ。ボンカースは、力が強く、強敵だと聞いていましたから。寝こみを襲うことができれば、戦いがますます有利になると考えましたの。チリーが教えてくれたおかげで、作戦が成功しましたわ」

みんな、なにも言えずに、チリーを見つめた。

ようやく口を開いたのは、コックカワサキ。

「……チリー……どうして？」

チリーは、うつむいたままだ。ただ、ポロポロと泣いているのが、わかる。

「どうして、そんなことを、教えちゃったの？　ボンカースがさらわれてもいいって思ったの？　ひどいよ……チリー！」

フラン・キッスが言った。

「チリーを責めてはいけませんわ。彼は、アイス一族として、当然のことをしただけなのですから。さあ、もう、お話は終わりにしましょう。すてきな時間の始まりですわ！」

フラン・キッスは、武器を手にした。

大きな水鉄砲だ。

「あなたがたを、ワタクシの氷のコレクションに加えてさしあげますわ――**シェイキングソーダ！**」

フラン・キッスは、水鉄砲を振り、ひきがねを引いた。

銃口から飛び出したのは、あわだつソーダ水！

ソーダ水は、突き立ったヤリの間から、カービィたちに襲いかかった。

「ひゃあああ！」

カービィたちは、あわてて飛びのいた。

しかし、フラン・キッスは、ようしゃがない。

「逃げてしまっては、ワタクシのコレクションに加われませんわよ！」

立て続けに、ソーダ水を放つ。

「きゃあ！　ひゃあ！　うひゃああ！」

逃げおくれたのは、ボンカース。

ソーダ水を浴びると、たちまち全身が凍りついてしまった。

「あっ、ボンカース……！」

そのとき、チリーが顔を上げて、フラン・キッスにうったえた。

「もう、やめて！　みんなに、ひどいことしないって、言ったじゃないか……！」

「ひどいことなんて、していませんわ」

フラン・キッスは、ほほえんだ。

「ワタクシの氷のコレクションにしてあげるのです。名誉なことですわ」

「そんな……！」

その間に、カービィたちはボンカースを囲んでいた。

ボンカースは、またもやカチンコチンに凍ってしまっており、動けそうにない。

メタナイトが言った。

「バーニンレオ！　君の炎で、とかしてやってくれ！」

「よしきた！」

バーニンレオは、ボンカースめがけて、ボーッと火を吹いた。

たちまち氷はとけて、ボンカースは飛び上がった。

「つめてぇ！　いや、あっちぃ！　けど、助かったぜ、バーニンレオ！」

コックカワサキが言った。

「そうだ、バーニンレオの火なら、あの氷のヤリをとかせるんじゃない!?」

バーニンレオは、うなずいた。

「いい考えだぜ！　まかせろ！」

バーニンレオは、まわりを囲んでいる氷のヤリめがけて、火を吹きつけた。

けれど、氷のヤリは太く、なかなかとけない。

そうしているうちに、フラン・キッスがふたたび水鉄砲をかまえた。

バーニンレオは、カービィを振り返って叫んだ。

「これじゃ、間に合わねえ！　オレを吸いこめ、カービィ！」

「え？」

「おまえのコピー能力のほうが、オレより火力が出るんだよ！　くやしいけど、たのむぜ！」

カービィは、うなずいた。

「わかった！　ありがとう、バーニンレオ！」

カービィは、大きく息を吸いこんだ。

バーニンレオは宙を飛んで、カービィの口の中へ。

カービィの姿が、変化した。

頭の上に出現したのは、燃えさかる炎のかんむり。ファイアのコピー能力だ！

「行くよー！」

カービィは火を吹いた。

ごぉぉぉぉ！　猛烈な炎が、氷のヤリを直撃！

あっというまに、氷のヤリはすべてシュルシュルととけて、蒸発してしまった。

フラン・キッスは、目を見開いた。

「な、なんですって……!?　ワタクシの氷を、一瞬で……!?」

フラン・キッスは、キッとなってカービィたちをにらみつけ、武器を持ち替えた。

新たな武器は、雪の結晶のような刃がある、巨大なオノ。

「いいでしょう。あなたがたに、凍てつく氷のすばらしさを、教えてさしあげますわ――**キスカ・ダウン！**」

フラン・キッスは、オノを振り下ろした。

宮殿がゆれ、衝撃が走る！

「わわわわ！」

カービィは飛び上がり、息を吸いこんだ。

「火ふきこうげき！」

フラン・キッスに、炎を吹きつける。

しかし、フラン・キッスはふわりとかわし、オノを振り上げた。

「キスカ・アッパー！」

オノの一撃が、カービィを狙う！

「わー！」

カービィは、攻撃をよけきれず、氷の床に転がった。

バウンシーが、ハラハラして叫んだ。

「カービィ、どうしたの!?　いつもの、力は……!?」

コックカワサキが言った。

「まずいよ！　カービィは、おなかペコペコなんだ！」

「えっ……」

「昨夜のおでんが、最後の食事だったからね。あれから、なにも食べてなくて、スタミナ切れなんだ！　もう、力を使い果たしちゃったんだよ！」

ボンカースが、うめいた。

「言われてみれば、オレも腹ペコだぜ。力が出ねえ……！」

メタナイトだけは、すばやく剣を振り回して敵をけちらしているが、カービィたちは動きがにぶい。

フラン・キッスが叫んだ。

「さあ、終わりにしましょう。**キスカ・ストーク！**」

フラン・キッスはオノをかまえると、カービィに向かって突進した。

「わあああああ！」

カービィはふっ飛ばされ、氷の床に叩きつけられた。

はずみでコピー能力がはずれ、バーニンレオが転がり出た。

「うわっ！　どうした、カービィ!?」

バーニンレオは、あわててカービィを見た。

カービィは、へとへとにつかれて、うずくまっている。

おなかがペコペコのまま、走り回ったり、火を吹いたりしたせいで、もう体力の限界だ。

フラン・キッスは、勝ちほこってカービィを見下ろした。

「あっけない戦いでしたわね、カービィ。では、まず、あなたから、ワタクシの氷のコレクションに加えてさしあげますわ！」

フラン・キッスは、オノを高くかかげた。

バーニンレオは、カービィをかばって、夢中で彼女の前に飛び出した。

「やめろ、このー！　オレが相手になってやるぜ！」

けれど、バーニンレオが火を吹く寸前に、チリーが行く手をふさいだ。

バーニンレオは、おどろいて、つんのめった。

「チリー……!?」

チリーは、まゆげを吊り上げてバーニンレオをにらみ、叫んだ。

「計画のじゃまは、させないよ！　下がって、バーニンレオ！」

「チリー……てめぇ……てめぇえ！」

バーニンレオは、声をかぎりに叫んだ。

「チリーのばかやろうー！　おまえなんか、もう……！」

けれど、そのとき。

「チリーを責めないで！　チリーは悪くないんだ！」

大きな声がひびきわたった。

全員が、動きを止めて、声の方向を見た。

駆けよってきたのは、ペンギーだった。

12 大逆転！

フラン・キッスが叫んだ。

「ペンギー!? あなた、どうして……!?」

「オレ様が、牢屋から出してやったのだ」

ペンギーの後ろから、ゆうゆうと、デデデ大王が姿をあらわした。

取り上げられていたハンマーも取り返しており、よゆうの表情だ。

もちろん、かたわらには、バンダナワドルディもいる。

ペンギーは、走ってチリーに抱きついた。

「チリー、ごめんよ！ つらい思いをさせて！」

「ペンギー……わあん、ペンギー！」

チリーは、声を上げて泣き出した。

バーニンレオは、ぼうぜんとして言った。

「なんだよ……？　ペンギー……どういうことだよ？」

ペンギーは言った。

「バウンシーがさらわれたと知って、ぼくとチリーは、この宮殿をおとずれた。だけど、計画を中止するようたのんだら、彼らを怒らせてしまって……」

メタナイトが言った。

「そうか。君はとらえられ、人質にされたのだな？」

ペンギーは、うなずいた。

「うん。そのせいで、チリーは、フラン・キッスに協力しなきゃならなくなったんだ。チリーは、悪くないんだ！」

と、そのとき。

ふきげんそうな、低い声がひびいた。

「――ジャマッデム」

みんな、そちらを振り返った。

フラン・キッスが、オノをにぎりしめて、冷たい目でペンギーたちをにらみつけていた。

「もう少しで、全ポップスター寒冷化計画が成功するところでしたのに……よくも、じゃまをしてくれましたわね」

フラン・キッスは、オノを振り上げた。

「ワタクシ、怒りましてよ！　もう、ようしゃは、いたしませんわ！」

全身の力をこめて、オノを打ち下ろす。

これまでとは、比べものにならないほどの激震が走った。

メタナイトが叫んだ。

「みな、気をつけろ！　敵は、本気を出してくるぞ……！」

チリーが、あせって叫んだ。

「カービィ、起きて！　しっかりして、カービィ！」

コックカワサキが、急いで説明した。

「カービィは、腹ペコなんだよ。食べものが盗まれたせいでね！」

「あっ、そうか……！」

チリーは、広間のすみにある、目立たないとびらを示して、叫んだ。

「みんな、あれが食料庫だよ！　あのとびらの向こうに、盗んだ食べものをしまってあるんだ！」

「えー!?　食べもの!?」

ぐったりしていたカービィが、飛び起きた。

「ぼくのおでん!?　ぼくの肉まん!?　ぼくのカレーまん!?　うわあああああい！」

カービィは、全速力で駆け出した。

そのカービィを追い越すいきおいで飛び出したのは、デデデ大王。

「食いものだとー!?　よこせ、早くよこせ！　オレ様は、もう、たおれそうだわい！」

みんなが、いっせいに、食料庫めざして走り出した。

フラン・キッスは、大あわて。

「お、お待ちなさい！　あなたがた、どこへ行きますの!?　ワタクシと戦いなさーい！」

けれど、もちろん、カービィやデデデ大王を止められるわけがない。

「ぼくのおでん！」

「オレ様の肉まん！」

二人はガンガン体当たりをして、小さなとびらをふっ飛ばした。

とびらの向こうには、山荘から盗んだ食料が、ぎっしりと積み上げられていた。

カービィもデデデ大王も、目の色を変えて、食べものに飛びついた。

「うわぁ、ぶどうも、いちごも、りんごも、カチカチに凍ってる！　シャーベットみたい！」

「おお、アイスおでんが残ってるじゃないか！　食うぞー！」

バーニンレオやボンカースたちも、食料庫に飛びこんで、歓声を上げた。

「うぉぉ、久しぶりの食事だぜ！」

「このバナナうめえ！　凍ってるけど、うめえ！」

メタナイトが食料庫をのぞきこみ、あきれて声をかけた。

「君たち、ほどほどにしておきたまえ。まだ、戦いは終わっていないのだぞ！」

「あ、そうだったぜ」

バーニンレオが言った。

「カービィ、戦いの続きだ！　フラン・キッスを、ぶちのめそう！　オレを吸いこめ！」

「ちょっと待って！」

と声を上げたのは、コックカワサキ。

「カービィ、吸いこむのは、バーニンレオじゃなくて、他のだれかにして。バーニンレオには、手伝ってもらいたいことがあるんだ」

「え？　手伝い？」

「ここ、凍った食べものしかないからね。これじゃ、おなかが冷えちゃうだろ？　ぼく、ここで、あたたかい料理を作るよ。力をかしてよ、バーニンレオ」

バーニンレオは、ポッと火を吹いた。

「やったぜ！　オレ、こんなヒエヒエの食いものなんか、好きじゃねえんだ！　あっつあつの料理を作ろうぜー！」

「あっつあつ!?」

凍ったくだものを食べていたカービィが、パッと振り向いた。

「なになに!?　ラーメン!?　グラタン!?　ピザ!?　おしるこ!?」

デデデ大王も叫んだ。

「肉か!?　肉だな!?　こんがり焼けたハンバーグに、超ぶあついステーキだな!?」

「とにかく、おなかがポカポカするような料理を、大急ぎで作るよ。だから、カービィもデデデ大王も、がんばって戦って！」

「わかったー！」

「まかせろ！」

久しぶりに食べものを口にして、カービィもデデデ大王も、元気を取りもどしていた。

「力を貸してね、ボンカース！」

カービィは、はつらつと叫んだ。

凍ったバナナをむしゃむしゃ食べていたボンカースは、ギョッとした。

「えー!?　オレー!?」

「うん！　おねがい！」

カービィは、大きく息を吸いこんだ。

ボンカースは宙を飛んで、カービィの口の中へ。

たちまち、カービィの姿が変化した。

頭に、青と白のねじりはちまきを巻き、巨大なハンマーを手にしている。

ハンマーのコピー能力だ！

「行くよー！」

カービィは、食料庫を飛び出した。

デデデ大王も、急いであとを追った。

「ハンマーなら、オレ様のほうが上だわい！　引っこんでろ、カービィ！」

「えっへん！　負けないよー！」

張り合いながら広間にもどった二人を待ちかまえていたのは、もちろん、フラン・キッス。

フラン・キッスは、カリカリしながら言った。

「ジャマッデム！　ワタクシを待たせたバツですわ。あなたがたには、特大のジェラートをおみまいしてさしあげますわ！」

デデデ大王が、うれしそうに叫んだ。

「ジェラートだと？　アイスクリームのことだな？　オレ様は、バニラ味とチョコレート味が好きだぞ！」

カービィも、大きな声を上げた。

「ぼくは、いちご味と、ずんだもち味！　あと、マキシムトマト味と、もも味と、まっちゃ味と、あと、あと……！」

「あなたがたにさしあげるのは、これです。**フローズンジェラート！**」

フラン・キッスが叫んだとたん、彼女がもつオノが巨大化した。

カービィとデデデ大王は、びっくりぎょうてん。

「……え？　ジェラートって……！」

「アイスクリームじゃなくて、ワザの名前かー!?」

フラン・キッスは、巨大なオノを、力いっぱい投げつけた。

「うきゃあああああ！」

「どひゃあああああ！」

ひっくり返って、なんとかオノをよけた二人に、メタナイトが冷たい声を浴びせた。

「戦う気がないなら、引っこんでいてくれたまえ。じゃまだ」

「な、なにをぉ!?　今のは、ちょっとゆだんしただけだわい！」

デデデ大王は、はね起きてどなった。

カービィも、ハンマーを振り回して言った。

「これからだよ、これから！　今のは、じゅんび運動だもんね！」

その間に、フラン・キッスは、次の攻撃の態勢をととのえている。

「行きますわよ――！　**クズキリ！**」

オノを振り下ろし、振り上げ、かまえて突進してくる。流れるような、連続ワザ！

「んきゃあああ！」

「でりょおおお！」

カービィとデデデ大王は、まだ、からだが本調子ではない。悲鳴を上げて、転がってしまったところへ。

「あぶない！」

メタナイトが助けに入って、二人をかばった。

メタナイトは、腹立たしげに言った。

「戦えないなら、下がっていてくれ！　私一人で、なんとかする！」

デデデ大王は、冷や汗をぬぐって、どなった。

「い、今のは、ただの……！」

カービィも、息をととのえて、言った。

「じゅんび運動だもんね！　じゅんび運動！」

と、そこへ。

バンダナワドルディが、大きなお皿を頭の上にかかげ持って、駆けよってきた。

「大王様！　カービィ！　ハンバーグが焼き上がりました！」

「おお!?」

デデデ大王は、飛び上がった。

カービィも、目の色を変えて叫んだ。

「うわああ！　おいしそう！　ハンバーグに、ポテトフライと、とうもろこしのバターいためと、スパゲッティまでついてるー！　いただきまーす！」

さらに、チリーも駆けつけた。

「おまちどお！　具だくさんのおみそしると、ほっかほかジャンボおにぎりだよー！」

デデデ大王も、カービィも、もう夢見ごこち。

「うぉぉぉ！　ツナマヨに、肉そぼろおにぎり！　うまい！　うまいぞ！」

「こっちは、あつあつのウィンナーが入ってる！　おかわりー！　おかわりー！」

そんな二人を見て、メタナイトが、怒りをこめて叫んだ。

「いい加減にしたまえ！　ここは、戦場だ！　戦う気がないなら、引っこんで……！」

そこへ、バウンシーがぴょんぴょんやって

来た。

「はーい、メタナイトさんに、お届け！　あつあつアップルパイの、バニラアイスクリーム添え！」

メタナイトは一瞬、呼吸を止め、おちついて言った。

「いただいておこう。あまいものは、つかれを取ってくれるからな」

「紅茶もあるのよー！」

——とつじょ始まったお食事タイムを見て、フラン・キッスは、ワナワナとふるえていた。

その怒りのすさまじさは、フラン・キッスの後ろにひかえていたアイス一族の兵士たちが、思わず逃げ出してしまうほど。

「ワタクシの宮殿で……あつあつのお料理にデザートだなんて……ジャマッデム……ぜったいに、ぜったいに、ゆるせませんわ！　かくごなさい！」

フラン・キッスは、オノをにぎり直した。

一分のスキもない、大ワザのかまえ！

「くらいなさい――**フラン・フリーズ！**」

フラン・キッスは、高く飛び上がった。

急降下して、オノを突き立てる！

ズウウウン！

衝撃とともに、氷の床がメリメリと割れた。

けれど、カービィもデデデ大王もメタナイトも、すばやく飛びのいていた。

あたたかい食事やおいしいデザートのおかげで、三人ともパワーアップ！　動きがキレキレだ。

「行くよー！　**ばくれつハンマーなげ！**」

「**ジャイアントデデデスイング！**」

「**スピニングナイト！**」

三人が、必殺ワザをくり出そうとした、その瞬間。

宮殿の窓が割れて、二つの影が飛び下りてきた。

「待てぇっ、ずんぐりピンク！」

「キッスも、武器をしまいたまえ」

声を上げて、カービィたちの前に立ちはだかったのは、二人の女性。

一人は、燃えるような赤い髪。もう一人は、雷光のような黄色い髪をしている。

フラン・キッスが、おどろきの声を上げた。

「――ルージュさん!?　ザン・パルルティザーヌ様まで！」

13 みんなで仲直り

炎を宿した剣を持つ、業火の三魔官、フラン・ルージュ。

イナズマのごときヤリをたずさえる、雷牙の三魔官、ザン・パルルティザーヌ。

とつぜんあらわれた二人に、カービィたちもびっくり。

「わわわ!? フラン・ルージュ! ザン・パル……ルン! 二人とも、どうしたの?」

「ザン・パルルティザーヌだ。われわれは、キッスをむかえに来たのだ」

フラン・ルージュが、フラン・キッスの前に進み出た。

「キッスちゃん!」

「……」

フラン・キッスは、うつむいて、くるっと背を向けてしまった。

フラン・ルージュは、悲しげな声で言った。

「まだ、怒ってる？　ジャゴメーナ……アタシが悪かったわ！　あやまるから、どうか、ゆるして……」

「……え？」

フラン・キッスは、振り返った。美しい顔に、おどろきの表情を浮かべている。

「どうして、ルージュさんがあやまるのです。悪いのは、ワタクシなのに……」

フラン・ルージュは、首を振って言った。

「キッスちゃんは、少しも悪くないでしょ！　アタシがバカだったんだから！」

「そんな……ちがいますわ。ワタクシは、ルージュさんにもうしわけなくて、合わせる顔がなくて……」

「おいおい」

と、デデデ大王が割って入った。

「なんなんだ？　なにが、どうなっとるのだ？」

ザン・パルルティザーヌが答えた。

「諸君に迷惑をかけたようだな。キッス、なにがあったのか、きちんと説明したまえ」

フラン・キッスは、さっきまでのおそろしい形相がウソのように、はずかしそうにもじもじしながら言った。

「……先日のことですわ。ワタクシ、氷をこまかく細工した、ブレスレットを作りましたの」

フラン・キッスは、自分の手首をかかげて、氷のブレスレットを見せた。

「ルージュさんと、おそろいにできたらうれしいと思い、同じものをプレゼントしたのです。でも……」

フラン・ルージュが、悲しみに満ちた声で続けた。

「アタシったら……それを、とかしちゃったのよ。一瞬で！」

ザン・パルルティザーヌが言った。

「それが原因で、二人の仲は険悪になり、フラン・キッスは家出をしてしまったというわけだ」

「険悪だなんて……！　ワタクシは、ただ、悲しかったのですわ」

フラン・キッスは、涙を浮かべた。

「氷のプレゼントなんて、ルージュさんに、いやがられるに決まっている……そんな当たり前のことを忘れて、押しつけてしまった自分のおろかさが、はずかしくて、悲しくて……目の前がまっくらになって、気がついたら、家を飛び出していたのですわ」

「いやがるなんて！　そんなワケ、ないでしょ！」

フラン・ルージュは、飛び上がって叫んだ。

「アタシ、うれしかったの！　キッスちゃんが、おそろいの、きれいなブレスレットを作ってくれるなんて。うれしさのあまり、体温がバク上がりして、せっかくのプレゼントをとかしちゃったのよ！」

フラン・キッスは、目をみはった。

「え？　それでは……あのとき、ルージュさんが口にした言葉は……」

「自分のバカさに、腹が立ったのよ。だから、思わず口走っちゃったの。ジャマッデム、ジャマッデム！　って」

「ええ……!?　なんてことでしょう！　ワタクシ、てっきり、ルージュさんがワタクシのことを怒っているのだと思って……」

「そんなはずないってば。ジャゴメーナ、キッスちゃん！」

「ワタクシのほうこそ、早とちりで家出したりして……ジャゴメーナ、ルージュさん！」

二人は、しっかりと手をにぎり合った。

デデデ大王が、不服そうに言った。

「……つまり、オレ様たちは、おまえらのケンカのとばっちりを受けたということか？」

メタナイトも、冷たい声で言った。

「ただの八つ当たりで、プププランドを氷づけにしようとしたのか。迷惑な話だ」

ザン・パルルティザーヌが、うなずいた。

「まことに、もうしわけない。三魔官がおさとして、こころから謝罪する」

三魔官は、そろって頭を下げた。

フラン・キッスが、気まずそうに言った。

「最初は、悲しみをいやす旅のつもりだったのですけれど、アイス一族のみなさんと仲良くなるうちに、壮大な計画を思いついてしまい、つい楽しくなってしまいましたの。ジャゴメーナ……これは、ワタクシたちの言葉で、ごめんなさいという意味ですわ」

コックカワサキが、腹立たしげに言った。

「挑戦状を見たときは、本当にこわかったんだからね！　なんで、あんなメッセージを残したの？」

「あら、こわかったですか？　それは良かった……フフ」

フラン・キッスは、満足そうに笑った。

「みなさんに、ゾクゾクしていただきたくて、ホラーっぽいメッセージを工夫したのですわ。寒さのゾクゾクに、こわさのゾクゾクが重なれば、身もこころもヒエヒエになれますから！」

「ヒエヒエなんて、もう、まっぴらだぜ！」

バーニンレオが、ポッと小さな火を吹いてどなった。

カービィが、笑って言った。

「それじゃ、みんなで、ポカポカ・パーティをしようよ！　コックカワサキが、あったかいお料理を、たくさん作ってくれるよ！」

「あったかいお料理？　なになに？」

と、興味を示したのは、フラン・ルージュ。

コックカワサキが答えた。

「たっくさん、あるよ！　グラタンにピザにラーメンにシチュー！　そうそう、肉まんやあんまんも作らなきゃ！」

「わあ、おいしそうじゃないの！」

フラン・ルージュは、大きな拍手をした。

そのかたわらで、フラン・キッスは、苦笑いをしている。

カービィが言った。

「ほっかほかのお料理だけじゃなくて、アイスおでんもあるよ。すっごく、おいしいよ！」

「アイスおでん……ですって？　まあ、すてきなひびき。はじめて聞きましたわ」

フラン・キッスも、興味をそそられたようだ。

カービィは、元気よく叫んだ。

「それじゃ、みんなで、ほっかほか・ひっえひえ・ぜんぶモリモリ・パーティをしよう！

食べるぞー！」

バンダナワドルディが、あわてて言った。

「待って、カービィ。パーティの前に、ボンカースを元にもどしてあげて」

「あ、そうだった」

カービィは、くるんと一回転。

ボンカースが、転がり出てきた。

ボンカースは、そろっている顔ぶれを見て、たじろいだ。

「どわーっ!?　なんで敵が増えてるんだ!?　てめぇら、やる気かぁ……!?」

「話はあと、あと！　さあ、パーティだー！」

カービィがはしゃいだ声を上げ、コックカワサキがお皿を運んできた。

アイス一族のみんなも、武器を置いて加わり、にぎやかなパーティが始まった。


チリーは、バーニンレオに近づいて言った。

「とろけるチーズのピザと、あつあつスープだよ。はい……」

渡そうとすると、バーニンレオは、プンッと顔をそむけた。

チリーは、しょげ返って言った。

「まだ怒ってる……よね。ぼくが、みんなを裏切ったこと……」

するとバーニンレオは、ますます不機嫌そうに、ポッポッと火を吹いてどなった。

「ちがうぜ！　オレは、そんなことを怒ってるんじゃないぜ！」

「……え？」

「てめぇ、なんで、オレになにも話さなかったんだよ!?」

バーニンレオは、チリーをにらみつけた。

「なんで、相談しなかったんだよ!?　友だちなのに！　オレなら……オレなら、おまえの悩みなんて、ゴォオッと焼きつくして、解決してやったのに！」

「バーニンレオ……」

チリーは、目を見開いた。

バーニンレオは、やっと気持ちをおちつけて、言った。

「言っとくけどな、オレは、おまえが裏切ったなんて、これっぽっちも思ってないぜ」

「……だけど……」

「ペンギーのためだもんな。それに、オレがフラン・キッスと戦おうとしたとき、おまえが立ちはだかっただろ？　あの瞬間はカッとなっちまったけど、今ならわかるぜ」

バーニンレオは、まっすぐチリーを見た。

「おまえは、オレを守ろうとしたんだよな。フラン・キッスに、叩きのめされないように。くやしいけど、フラン・キッスは強すぎるから」

「……バーニンレオ……」

チリーの目に、ぶわっと涙があふれた。

バーニンレオは言った。

「今度からは、なにか困ったことがあったら、まっさきにオレに言え！　ぜったい、一人でウジウジ悩むんじゃねーぞ！」

「うん！　うん！」

チリーの顔に、やっと、笑みがもどった。

カービィのもとへ、三魔官がやって来た。

フラン・ルージュが言った。

「おい、ずんぐりピンク。ちょっと来い」

ほかほかの肉まんをほおばっていたカービィは、顔を上げて抗議した。

「ぼく、ずんぐりピンクじゃないよ。カービィだよ！」

ザン・パルルティザーヌが言った。

「大事な用事だ。われわれに、ついて来てくれ」

三魔官は、歩き出した。

カービィは、ふしぎに思いながら、三人に続いた。

気づいたバンダナワドルディやデデデ大王、他の仲間たちも、追ってきた。

「どこ行くの、カービィ？」

「わかんない」

「あいつら、まだ、やる気か？」

「そうじゃないと思うけど……」

三魔官は氷の宮殿を出て、積もった雪をかき分けた。

そこに、あらわれたのは。

「ああああー！　ワープスター！」

カービィが叫んだ。

ワープスターが、雪にうもれている。コチコチに凍りつき、いつものかがやきを失って、冷たい石になってしまったかのようだ。

フラン・キッスが、カービィに向き直って言った。

「もうしわけありませんでしたわ。あなたがたの足止めをするために、この黄色い星を凍らせて、ここにかくしたのです」

フラン・ルージュが言った。

「キッスちゃんのオトシマエは、このアタシがつけるわ。見てて——**ベルジュ・スラッシュ！**」

フラン・ルージュは剣をかざした。

たちまち、剣から炎が吹き上がった。

その熱気に、カービィたちはおどろいて飛び下がった。

「わわっ！　あつい！」

すると——みるみるうちに、凍りついていたワープスターが、とけ始めた。

色も、かがやきも、あっというまに元どおり。

フラン・ルージュは、剣をおさめた。カービィは、大声を上げて、ワープスターに飛びついた。

「わあ！　よかった！　元気になったね、ワープスター！」

ワープスターは、その声にこたえるように、かがやきを増した。

ザン・パルルティザーヌが言った。

「では、われわれは、これで失礼する。ジャマサラーバ！」

フラン・ルージュも言った。

「じゃ、またね！　今度は、しゃくねつの砂漠地方で遊んであげるわ。ジャマサラーバ！」

そして、フラン・キッスは、みんなの顔を見回して言った。

「たいへん、ご迷惑をおかけしました。けれど、この雪山の美しさは、こころに残りましたわ。みなさん、お元気で……ジャマサラーバ！」

三魔官は空に飛び立ち、姿を消した。

カービィは、手を振って叫んだ。

「ばいばーい！　ジャムサラダ！　ジャムサラダー！」

と、そこへ、アイス一族のみんなが近づいてきた。

先頭に立つのは、ゴライアスとミスター・フロスティ。

ゴライアスが、ぶっきらぼうに言った。

「悪かったな。フラン・キッスと話してるうちに、プププランドが雪と氷の国になったら
サイコーだって、思いこんじまったんだ」

ミスター・フロスティも言った。

「こわしちゃったカゴやロープは、オレたちが修理するよ。ちょっと待っててくれ」

ニット帽のコロリが言った。

「乱暴なマネして、ごめんね。君たちが、思ったより強くて、びっくりしたよ！」

大きな目玉のスノウルも言った。

「みんな、ごめんね。ププブランドを雪や氷でいっぱいにしたくて、つい、夢中になっちやって……」

カービィが、にっこりして言った。

「もう、いいよ！　なかなおり、しよう。みんなで、もっともっと、遊ぼうよ。雪合戦もしたいし、超特大雪だるまも作らなきゃ！」

たちまち、アイス一族のみんなが、目の色を変えた。

「雪だるま作りなら、まかせろ！　ぜったいにこわれない雪だるまの作り方、教えてやるよ！」

「雪の彫刻だって作れるぜ！　オレ、手先が器用なんだ！」

ボンカースは、腕をぐるぐる振り回して叫んだ。

「雪だるまより、雪合戦だぜ！　おい、ミスター・フロスティ、オレと勝負しろ。今度は、負けないぜ！」

「フフン！　どこからでも、かかって来い！」

ミスター・フロスティは、ニヤリと不敵に笑った。

チリーが、ぴょんぴょんはずんで言った。

「雪合戦なら、ぼくが一番！　行くよー！」

ペンギーも、大はしゃぎで叫んだ。

「ううん、一番はぼくだ！　雪山できたえた実力を、見せてあげる！」

たちまち、雪玉が飛びかい、笑い声や悲鳴がひびいた。

アイス一族とも、すっかり打ちとけて、仲良くなれた。みんなで雪だるまを作ったり、スキーの練習をしたり、そりですべったり……。

楽しい雪遊びは、空が暗くなり、粉雪がちらちらと舞い始めるまで続いたのだった。

角川つばさ文庫

高瀬美恵／作

東京都出身、O型。代表作に単行本『星のカービィ 天駆ける船と虚言の魔術師』、角川つばさ文庫「モンスターストライク」「逆転裁判」「牧場物語」「GIRLS MODE」各シリーズなど。ライトノベルやゲームのノベライズ、さらにゲームのシナリオ執筆でも活躍中。

苅野タウ・ぽと／絵

東京都在住。姉妹イラストレーター。主な作品として絵本『星のカービィをさがせ!!』『星のカービィをさがせ!! カービィがいっぱい』『星のカービィをさがせ!! パーティーでだいしゅうごう！』『星のカービィ そらのおさんぽ』『星のカービィ おかしなスイーツ島』『星のカービィ ナゾトキブック スターアライズ編』などがある。

角川つばさ文庫

星のカービィ
雪山の夜は事件でいっぱい！の巻

作　高瀬美恵
絵　苅野タウ・ぽと

2024年12月11日　初版発行
2025年５月25日　３版発行

発行者　山下直久
発　行　株式会社KADOKAWA
〒102-8177　東京都千代田区富士見 2-13-3
電話　0570-002-301（ナビダイヤル）
印　刷　株式会社KADOKAWA
製　本　株式会社KADOKAWA
装　丁　ムシカゴグラフィクス

ISBN978-4-04-632306-4　C8293　N.D.C.913　200p　18cm

読者のみなさまからのお便りをお待ちしています。下のあて先まで送ってね。
いただいたお便りは、編集部から著者へおわたしいたします。

〒102-8177　東京都千代田区富士見 2-13-3　角川つばさ文庫編集部

第12回 角川つばさ文庫小説賞〈金賞〉受賞作

「フツウ」なんかブッとばせ!!　七都にい・作　しめ子・絵

緑田小に転校してきたふたご。サッカーが得意な「あかねくん」と、おえかきが上手な「かえでちゃん」。でも2人には、絶対にバレちゃいけないヒミツがあって!?好きなものを「好き」と言いたい…そのために始めた、2人の「チャレンジ」とは!?

角川つばさ文庫